Weihnachtszauber in der Maple Street

Alice Vandersee

ISBN: 9781708165659

Imprint: Independently published

Für alle Weihnachtsmuffel und solche, die es mal waren.

1

Der süßlich-herbe Duft der Äpfel vermischte sich mit dem Vanillearoma der Soße und ließ Finn das Wasser im Mund zusammenlaufen. Er wartete, bis seine Großmutter etwas aus der Schublade holte und tunkte seinen Finger blitzschnell in den Topf. »Wag es ja nicht, Finn Miller!«, rief seine Granny halb im Spaß. Ihre blauen Augen leuchteten, die Wangen waren von den Kochdämpfen ganz gerötet, doch sie wirkte glücklich wie lange nicht mehr. »Hol lieber eine weitere Kiste Äpfel aus dem Keller.«

Finn leckte sich den Finger ab, wusch sich anschließend die Hände und verschwand in den Flur. Er hatte den halben Vormittag damit verbracht, die blöde Lichterkette für den Bratapfelstand zu entwirren, und nun knurrte ihm ordentlich der Magen. Sein Grandpa war vor einer halben Stunde zum Markt gegangen und würde bestimmt bald mit frischen Brötchen zurückkommen, doch nach dem verspäteten Frühstück warteten weitere unliebsame Aufgaben auf ihn. Die Bretter der Bratapfelbude mussten gestrichen werden, weil sie in den letzten Jahren ziemlich gelitten hatten. Eis und Regen hinterließen irgendwann ihre Spuren. Außerdem musste er die neue Werbetafel abholen, die er in der Stadt bestellt hatte. Die Weihnachtsdeko musste er auch noch vom Dachboden holen.

Er liebte seine Großeltern und genoss die Vorweihnachtszeit mit ihnen, doch die viele Arbeit ermüdete ihn allmählich. Lieber wäre er im Studentenwohnheim geblieben und hätte Bücher gewälzt. Doch seine Großeltern waren mittlerweile an die siebzig und schafften die Vorbereitungen nicht mehr alleine. Dieses Jahr wollten sie zum letzten Mal ihren Bratapfelstand öffnen und Finn war sich noch nicht sicher, ob er den Stand anschließend übernehmen sollte. Sieben Tage lang Bratäpfel auf einem Weihnachtsmarkt zu verkaufen klang nicht nach schwerer Arbeit, doch die Vorbereitungen dafür waren besser nicht zu unterschätzen. Er wusste einfach nicht, ob er es sich zutraute.

»Ich dachte, ich probiere mal etwas Neues aus«, sagte seine Granny, als er eine Kiste Äpfel auf dem Küchentresen abstellte. Seit dreißig Jahren nahmen sie Braeburn für die Bratäpfel, weil sie am besten schmeckten und wunderbar mit der Vanillesoße harmonierten.

»Die sind mit Marzipan, Zimt, Mandeln und Orangenschalen gefüllt.«

»Klingt sehr lecker«, meinte Finn und probierte von dem Löffel, den sie ihm hinhielt. »Wow!«, stieß er nach dem Probieren aus.

Seine Großmutter strahlte. »Es ist dieses Jahr viel kälter als die Jahre zuvor. Vielleicht bekommen wir ja endlich mal weiße Weihnachten.«

»Das wäre schön«, sagte Finn halbherzig. Zwar mochte er die Vorstellung von Schnee am Weihnachtsmorgen, doch das würde auch bedeuten, dass er auf verschneiten Straßen unterwegs sein müsste. Die Straßen in den kleinen Dörfern der Cotswolds konnten im Winter schnell unpassierbar werden. Einmal war er in einer Schneewehe stecken geblieben und hatte in einem Pub übernachten müssen, obwohl er nur fünfzig Kilometer vom Haus seiner Großeltern entfernt gewesen war. Doch sämtliche Straßen waren wegen der Schneemassen gesperrt gewesen. Darauf konnte er gut verzichten.

»Die McGrays haben ihren Stand verkauft, wusstest du das?«, fragte Finn, als seine Granny den Topf vom Herd nahm. »Ich habe Mrs McGray gestern im Supermarkt getroffen. Sie ziehen nächste Woche nach Wales.«

»Oh, tatsächlich? Das ist sehr schade. Sie haben so leckere Kekse verkauft. Dein Großvater ist ganz verrückt nach ihren Zimtkeksen.«

»Ihre Großnichte übernimmt den Stand nun«, sagte Finn. »Kennst du sie?«

Seine Großmutter dachte kurz nach und schüttelte den Kopf. »Ich glaube nicht. Ich kenne nur den Sohn, der seit Jahren in Neuseeland lebt. Nun, die McGrays sind ja auch schon an die achtzig. Aber was sie wohl in Wales wollen?«

»Ich glaube, sie haben dort ein Ferienhaus, in dem sie nun dauerhaft wohnen wollen.«

Die Küchentür schwang auf und ein großer, breitschultriger Mann mit grauem Haar und grauem Bart trat ein. Er trug eine Einkaufstasche aus Baumwolle, die er auf den Küchenstuhl legte. »Das duftet ja herrlich!« Er nahm sich einen Apfel aus der Kiste und biss herzhaft hinein.

Fünfzehn Minuten später saßen sie gemeinsam am Esstisch im Wohnzimmer und aßen gebutterten Toast, Schinken, kleine Würstchen, Bohnen und Eier. »Hast du die Lichterkette vom Dachboden geholt?«, wollte sein Großvater wissen und strich sich eine extra Schicht Butter auf seinen Toast.

»Ja, war eine ganz schöne Arbeit, die zu entwirren. Und nachher bekommen die Bretter einen neuen Anstrich.«

»Dabei werde ich dir helfen«, sagte sein Großvater.

»Ich schaff das schon, du kannst dich ruhig ausruhen«, sagte Finn und nahm sich noch zwei Würstchen und etwas Schinken aus der Pfanne.

»Kommt ja gar nicht infrage. Soll ich etwa um diese Zeit schon vor dem Fernseher hocken?«, sagte sein Großvater entrüstet. Das Telefon klingelte. Finn sprang auf, doch seine Großmutter war schneller und bedeutete ihm mit den Händen, seinen Teller aufzuessen.

Sie ging in die Küche und schloss die Tür hinter sich. Finns Großvater schnaubte. »Hoffentlich nicht wieder so ein Spinner, der uns einen Vertrag für irgendwas andrehen will. Die rufen nun fast jeden Tag an!«

Wenig später kam Finns Großmutter zurück ins Wohnzimmer, legte das schnurlose Telefon auf die Ladestation und setzte sich seufzend.

»Ist alles in Ordnung?«, fragte Finn, der fand, dass sie ein wenig blass um die Nase herum aussah.

»Das war deine Mum«, sagte sie leise und sah Finn nun direkt an.

»Janet?«, fragte sein Grandpa laut und ließ die Gabel geräuschvoll auf den Teller fallen.

»Sie kommt über Weihnachten her. Sie und … ihr neuer Mann«, die letzten drei Worte flüsterte sie.

Finn starrte sie einfach nur wortlos an. Er wusste nicht, was er sagen sollte. Seit sein Vater zehn Jahre zuvor gestorben war, lebte er bei seinen Großeltern väterlicherseits. Damals war er dreizehn gewesen. Seine Mutter war drei Tage nach der Beerdigung verschwunden und hatte sich erst zwei Wochen später aus Spanien gemeldet. Seitdem lebte sie dort. Das hatten weder Finn noch seine Großeltern ihr je verziehen.

»Was? Hierher? Zu uns?«, fragte sein Großvater aufgebracht.

»Sie haben ein Zimmer im *Red Horse* gebucht. Sie kommen einen Tag vor Heiligabend an«, erklärte seine Großmutter mit zittriger Stimme. Das *Red Horse* war der einzige Pub im Dorf.

»Aber was will sie hier?« Endlich hatte Finn seine Stimme wiedergefunden.

»Dich sehen. Und dir … ihren neuen Mann vorstellen.«

Sein Großvater schob angewidert seinen Teller von sich, stand auf und stürmte aus dem Zimmer. Finn schluckte. Er hatte seine Mutter zuletzt vor fünf Jahren gesehen. Sie hatte plötzlich vor der Tür gestanden und ihn sehen wollen, doch er hatte er ihr die Nase vor der Tür zugeknallt. Zu tief hatte sie ihn verletzt.

Sie hatte ihm kurz nach ihrem Verschwinden eine Mail geschrieben, in dem sie ihn um Verständnis gebeten hatte. Er sollte verstehen, dass sie nicht länger in England leben konnte, weil sie alles nur noch deprimiere, und dass er bei seinen Großeltern besser aufgehoben wäre. Natürlich hatten weder er noch seine Großeltern ihre Entscheidung verstanden. Sämtliche weitere E-Mails hatte er ungelesen gelöscht. Er wollte mit ihr nichts mehr zu tun haben. Wie hatte sie ihn nach dem Tod seines Dads einfach alleine lassen können?

»Ich will sie nicht treffen«, sagte Finn mit ungewohnt tiefer und brummiger Stimme. »Und ihren neuen Mann schon gar nicht.«

Seine Großmutter nickte. »Nun, du bist erwachsen, du kannst deine eigenen Entscheidungen treffen und die muss sie sie respektieren.« Sie stand auf und begann den Tisch abzuräumen.

»Ich hole die Werbetafel ab«, meinte er stumpf, stellte seinen Teller in die Geschirrspülmaschine und verließ fluchtartig das Haus. Auf dem Weg zum Carport fiel sein Blick auf die Wiese mit den Apfelbäumen. Sein Großvater saß auf der weißen Holzbank davor und starrte ins Leere. Die Wiese war mit Raureif bedeckt und glitzerte in der Ferne. Er überlegte, ob er zu seinem Großvater gehen und mit ihm sprechen sollte, doch da er nicht wusste, was er hätte sagen sollen, stieg er in sein Auto und fuhr Richtung Stadt.

Als er am *Red Horse* vorbeifuhr, ballte er die Hände am Lenkrad zu Fäusten. Fast zu spät bemerkte er den Hund, der über die Straße lief. Finn machte eine Vollbremsung und war erleichtert, als er den Hund bellen hörte. Im nächsten Moment sprang der kleine Mischling auf den Arm seiner Besitzerin.

»Das war knapp«, rief er Abby Shaw zu. Abby war die Tochter des Pubbesitzers John Shaw. Er kannte sie aus der Schule, auch wenn sie dort kaum miteinander gesprochen hatten. Sie war ein Jahr jünger als er. Einige Jahre zuvor war er sogar heimlich verliebt in sie gewesen. Mit ihren roten Locken und den dunkelbraunen Augen war sie eine echte Schönheit. Doch sie hatte den schüchternen Finn kaum wahrgenommen. Außerdem war sie auf dem Schulhof immer von einer Traube Mädchen umringt gewesen, sodass er sich nie getraut hatte, sie anzusprechen. Sie arbeitete halbtags im Pub ihrer Eltern. Soweit er wusste, hatte sie Modedesign studiert, das Studium aber aus irgendeinem Grund abgebrochen. Im Dorf kursierten allerhand Gerüchte, auf die er nichts gab, weil in einem so kleinen Ort nun einmal schnell getratscht wurde. Eine Zeit lang erzählte man sich, Abby sei schwanger gewesen, ein anderes Mal hieß es, sie hätte eine Affäre mit ihrem Professor gehabt und wäre von seiner Frau verprügelt worden. Er mochte sich nicht vorstellen, was man damals über seine Familie getuschelt hatte, nachdem seine Mutter nach Spanien abgehauen war.

Abby trat zu ihm ans Fenster. »Tut mir leid, er hat sich einfach losgemacht.« Die Sommersprossen tanzten auf ihrer Nase, als sie den Mund verzog.

»Ist ja noch mal gut gegangen«, sagte Finn, der sich allmählich vom Schrecken erholte. Er betrachtete die Knopfaugen des Hundes und das verstrubbelte Fell. »Wie heißt er?«

»Max«, sagte Abby lachend. »Mein Dad hat den Namen ausgesucht, aber für einen Max ist er irgendwie zu frech.«

Ihm fiel auf, dass sie einen Pullover mit einem Weihnachtsmannmotiv trug. Und eine Kette aus kleinen Zuckerstangen, die der Hund nun abschleckte.

»Sind aus Plastik«, erklärte sie. »Dad will, dass wir Weihnachtsstimmung im Pub verbreiten. Mum trägt noch kitschigere Pullover. Also, man sieht sich, Finn!« Sie winkte ihm zu und verschwand mit dem Hund im Pub.

Finn startete den Motor und fuhr weiter. Sie erinnerte sich tatsächlich an seinen Namen. Lächelnd schaltete er das Radio ein und summte *Let it snow* mit.

2

»Wo sind denn die ganzen Weihnachtssachen?«, rief Frieda in den Telefonhörer. »Ich weiß genau, dass sie auf dem Dachboden waren, aber ich habe in alle Kartons geguckt und sie nicht gefunden.« Frieda spielte mit der Schnur des altmodischen Telefons, das sie seit den Sechzigern benutzte. Ihr Mann Eddie hatte es ihr einst zu Weihnachten geschenkt, aber es funktionierte noch tadellos. Seine Geschenke waren immer mehr praktischer Natur gewesen und weniger romantisch. Ein einziges Mal während ihrer langen Ehe hatte er ihr Schmuck geschenkt. Einen goldenen Armreif mit dazu passenden Ohrringen. Zum zwanzigsten Hochzeitstag. Den Schmuck hatte sie eigentlich längst ihrer Tochter schenken wollen, doch Ella ging so sorglos mit ihren Sachen um, dass sie ständig Dinge verlor. So erst kürzlich ihre teure Halskette und das Lieblingskuscheltier ihrer Tochter. Also behielt Frieda ihren Schmuck, auch wenn sie ihn kaum noch trug.

»Die Sachen hat Derek mitgenommen, als du neulich im Krankenhaus warst, Mutter.« Mutter? Seit wann nannte eins ihrer Kinder sie Mutter und nicht mehr *Mama*?

»Wieso wühlt dein Bruder auf meinem Dachboden in meinen Sachen herum, wenn ich im Krankenhaus liege?«

Stille.

»Hallo?«

»Na ja, wir dachten … wir wussten ja nicht …«

Frieda schüttelte enttäuscht den Kopf, auch wenn Ella das nicht sehen konnte. »Ich wurde wegen einer

Gallenkolik behandelt!«, sagte Frieda aufgebracht. »Und euch fallt nichts Besseres ein, als den Dachboden zu plündern?«

»Es war Dereks Idee, nicht meine.«

Frieda verdrehte innerlich die Augen. Ella war vierzig und klang immer noch wie fünf, wenn es darum ging, Schuld von sich zu weisen.

»Morgen ist der zweite Advent. Ich möchte gerne meine Wohnung weihnachtlich schmücken. Sag deinem Bruder, er soll mir die Sachen nachher vorbeibringen.«

Da Derek wieder einmal einen Job verloren hatte, war er vorübergehend bei seiner Schwester eingezogen. Ella war seit einem Jahr geschieden und hatte mehr als genug Platz in dem großen Haus. Frieda verstand einfach nicht, wieso er keinen Job behalten konnte. Das ging schon seit seiner Jugend so. Die erste Lehre zum Maurer hatte er wegen Rückenproblemen abgebrochen. Die zweite als Koch hatte er ebenfalls abgebrochen, weil er am Wochenende nicht arbeiten wollte und ihm der Chef nicht passte. Er hatte dann verschiedene Hilfsjobs ausgeübt, überwiegend als Lagerarbeiter. Zwei Jahre lang hatte er im Hamburger Hafen gearbeitet und gar nicht mal wenig verdient, doch die Arbeit hatte ihm bald nicht mehr gefallen und so hatte er schließlich eine Ausbildung als Bauzeichner begonnen und abgeschlossen. Das war fünfzehn Jahre her und seitdem wechselte er seine Arbeitgeber fast jährlich, was sich auf Bewerbungen nicht allzu gut machte. Und im Moment war er wieder mal arbeitslos und bekam kein Geld vom Amt, weil er seinen Job ohne Angabe von Gründen gekündigt hatte.

»Willst du Weihnachten denn nicht mit uns feiern?«,

fragte Ella.

»Und deswegen muss ich meine Wohnung nicht weihnachtlich dekorieren?«

»Nun … ich dachte, in deinem Alter ist dir das nicht mehr so wichtig. Meine Nachbarin ist siebzig und sagt, sie kann mit dem ganzen Lametta und den Sternen und Schneemännern nichts anfangen.«

»Ach ja? Meine Nachbarin ist dreißig und hat ihrer Mutter gerade eine Kreuzfahrt geschenkt.« Das war nicht einmal gelogen. Erst vor zwei Tagen hatte sie davon erfahren, als die alte Dame ihre Tochter in der Nachbarwohnung besucht hatte. Über das ganze Gesicht gestrahlt hatte sie. Und Frieda, die einen so heftigen Neid in sich gespürt hatte, hatte erwidert, dass ihre Kinder sie Weihnachten mit nach Südfrankreich nehmen würden. Das war natürlich Quatsch. Ella verreiste nie, und Derek hatte nie Geld, um zu reisen. Sie selbst hatte zwar Geld und Lust, aber alleine wollte sie nicht. Und bevor sie Derek mitnahm (Ella hasste es, ins Ausland zu fahren), blieb sie lieber im verregneten Deutschland.

»Ich muss auflegen, Mutter, die Kinder brauchen … äh, kommen aus der Schule und …«

»Schon klar«, brummte Frieda und knallte den Hörer auf. Was hatte sie in ihrer Erziehung nur falsch gemacht? Hätte sie weniger streng sein sollen? Oder war sie zu wenig streng gewesen? Sie wusste es nicht. Sie hatte Ella und Derek eine gute Ausbildung ermöglichen wollen, weil sie selbst schon mit vierzehn Jahren von der Schule gehen musste, um im elterlichen Betrieb zu arbeiten. Da sie gut in Mathe gewesen war, hätte sie am liebsten in einer Bank gearbeitet, doch das hatten ihre Eltern nicht hören wollen. Stattdessen hatte sie ihr Leben lang im

Spielzeuggeschäft ihrer Eltern gearbeitet, das sie mit Mitte dreißig, nach dem Tod ihres Vaters, übernommen hatte. Es war ein gutgehendes Geschäft gewesen, doch vor zwanzig Jahren war sie in Rente gegangen.

Da weder Ella noch Derek das Geschäft hatten übernehmen wollen oder überhaupt jemals ein Interesse daran gezeigt hatten, war ihr nichts anderes übriggeblieben, als es zu verkaufen. Das Gebäude hatte ihrer Familie seit 1901 gehört. Eine hübsche Stadtvilla mit einem Geschäft im Erdgeschoss und Büroräumen in den oberen Etagen. Sie hatte eine hübsche Summe dafür bekommen, doch sie wusste nicht, wofür sie das Geld ausgeben sollte. Ihr gefiel ihre Drei-Zimmer-Wohnung, in der sie seit zwanzig Jahren lebte. Ihr Auto besaß sie nur noch aus sentimentalen Gründen. Mit über siebzig, fand sie, sollte man nicht mehr Auto fahren. Doch jedes Jahr ließ sie den TÜV erneuern, denn es war ihr wichtig, jederzeit damit fahren zu können, selbst wenn sie mittlerweile aus der Übung war und sie sich ohnehin keine weiten Strecken mehr zutraute.

Zumindest könnte sie fahren, wenn sie wollte.

Doch meistens nahm sie den Bus oder das Fahrrad.

Sie würde gerne etwas von der Welt sehen. Für ihr Alter war sie gut zu Fuß. Sie spielte sogar noch Tennis im Verein für Senioren. Eine Kreuzfahrt würde ihr gefallen. Oder ein paar Wochen in einem Chalet im sonnigen Südfrankreich. Oslo oder Kopenhagen würde sie auch gerne mal besichtigen. Es gab so viele Orte zu entdecken. Das Problem war nur, dass sie Angst hatte, alleine ins Ausland zu reisen. Zwar sprach sie fließend Englisch, weil sie dreißig Jahre lang mit einem Briten verheiratet gewesen war, aber sie hatte immer etwas Angst gehabt, an Orte zu fahren, in denen sie sich nicht auskannte. Und in ein Flugzeug wollte sie nie wieder einsteigen, nachdem sie einmal heftige Turbulenzen erlebt hatte.

Sie setzte sich an den Computer im Wohnzimmer, den Derek ihr eingerichtet hatte, damit sie einfacher mit alten Freunden in Kontakt bleiben konnte, die quer durch Europa verteilt lebten. Ihre alte Schulfreundin Hilde lebte in Prag, Ihr Lieblingscousin Henry in Australien.

Vielleicht sollte sie einfach ihren Mut zusammennehmen und eine dieser Pauschalreisen buchen. Zwei Wochen Griechenland oder doch lieber in die Toskana? Aber wieso sollte sie über Weihnachten in den Süden fahren, wo es vermutlich so gar nicht weihnachtlich war? Sie mochte Schnee und liebte die Vorstellung von einer Tasse Tee in einer gemütlichen Teestube in einer verschneiten Gasse, während im Kamin ein Feuer prasselte. Mit Eddie hatte sie die Festtage oft in Yorkshire bei seiner Familie verbracht. Seine Eltern hatten in der Nähe von York gelebt, doch sie waren vor langer Zeit verstorben.

Ein paar Jahre nach ihrer Hochzeit war Frieda mit Eddie in die Cotswolds gefahren und hatte eine wunderschöne Woche in einem pittoresken Dorf verbracht, das so weihnachtlich hergerichtet worden war, dass man glauben konnte, es gehöre zum Nordpol.

Sie gab den Namen des Dorfes in die Suchmaschine ein und lächelte kurz darauf, als ihr zahlreiche Bilder angezeigt wurden. Die kleine normannische Kirche auf dem Hügel. Die Teestube gegenüber vom Dorfanger, in der es den besten

Cream Tea gab und die leckersten Scones. Die Holzbank vor der Bogenbrücke, die sich über den kleinen Fluss spannte. Und die Maple Street. Wie hatte sie die Maple Street bloß vergessen können?

Diese unscheinbare Straße hinter der Brücke, in der eine alte Getreidemühle stand und uralte Cottages. Die Straße war breit, aber von hohen Steinmauern umsäumt, die viel Licht nahmen. Für Touristen bot sie eigentlich nichts. Außer zur Weihnachtszeit. Eine Woche vor Weihnachten verwandelte sich die nichtssagende Maple Street in ein Winterwunderland. Friedas Augen bekamen einen verträumten Glanz, als sie die Bilder im Internet betrachtete. Es sah alles noch genauso aus, wie sie es in Erinnerung hatte. Die vielen Buden, die leuchtenden Sterne und geschmückten Tannenbäume … Sie stand auf und suchte in der Schublade der Kommode nach einem Fotoalbum. Keine zehn Minuten später saß sie auf ihrer Couch und blätterte das Album durch. Bild für Bild kamen die Erinnerungen an dieses außergewöhnliche Weihnachten 1969 zurück.

Eine drei Meter hohe Tanne, geschmückt mit roten und goldenen Kugeln zierte den Eingangsbereich der Maple Street. Hand in Hand gingen Frieda und Eddie durch den beleuchteten Rundbogen, der mit **Maple Street Weihnachtsmarkt** *beschriftet war. Eine Schar Kinder lief um den Tannenbaum herum, laut kreischend und lachend; die meisten waren in dicke Schals und Mäntel gehüllt. Der Duft von heißen Maronen ließ Frieda das Wasser im Mund zusammenlaufen. Auf jeder Seite der Straße standen zahlreiche Weihnachtsbuden, an denen allerlei Sachen verkauft wurden. Weihnachtskekse, Bratäpfel, Stricksachen, Kerzen, Weihnachtskarten und natürlich Baumschmuck und*

Dekorationen aller Art. Eddie zeigte ihr lachend eine gestrickte Elchmütze auf dem Kopf eines alten Mannes, der Wollmützen und Handschuhe verkaufte, alle mit winterlichen Mustern.

Sie kauften sich eine Tüte Maronen und setzten sich auf eine der Bänke, die überall herumstanden. Alle Bänke hatten rote und grüne Sitzkissen, sodass man wirklich bequem saß. Die Maronen schmeckten köstlich und beide leckten sich hinterher glücklich die Finger, bevor sie wieder ihre Handschuhe anzogen. Die Tannen und Äste der kahlen Bäume waren von einer hauchdünnen weißen Puderzuckerschicht bedeckt. Es hatte die letzte Nacht ein wenig geschneit, doch der Schnee war mittlerweile größtenteils geschmolzen. Es war ein Tag vor Heiligabend und alle fragten sich, ob es noch mehr schneien würde.

Frieda und Eddie schlenderten zwischen den Buden entlang, gönnten sich einen Glühwein und setzten sich ins eins der drei Zelte, die ein wenig Wärme vor der Kälte boten. Hier duftete es nach Zimt und Orangen, während aus den Lautsprechern Bing Crosbys Weihnachtshits drangen. Eine Frau in einem grünen Kostüm – sie sollte wohl eine Weihnachtselfe darstellen, jedoch erinnerte sie Frieda eher an eine Waldnymphe, kam ins Zelt und verteilte Flyer.

»Was ist das?«, fragte Frieda Eddie, der den Zettel sorgfältig durchlas.

»Ein Weihnachtskonzert. Es beginnt in einer halben Stunde. In der alten Mühle. Die ist gleich gegenüber«, sagte Eddie.

»Eine alte Mühle?«, wiederholte Frieda und wärmte ihre Hände an dem Becher.

»Die steht seit knapp zehn Jahren leer und sollte abgerissen werden, aber mittlerweile nutzen verschiedene Künstler das Gebäude für ihre Auftritte«, erklärte eine junge Frau, die neben Frieda auf der Holzbank saß. »Nun kommen sogar

Leute aus Stratford her, sogar aus Cheltenham und Birmingham. Maler, Poeten, Musiker und so.«

»Interessant«, meinte Eddie, der weder mit Poeten noch mit Malern etwas anfangen konnte. Doch Musik liebte er. Er selbst spielte Klavier, seit er fünf Jahre alt war.

»Das Weihnachtskonzert ist wirklich schön«, bestätigte eine andere Frau. Frieda vermutete, es handelte sich um ihre Schwester, weil sie sich sehr ähnlich sahen.

»Lass uns hingehen«, meinte Eddie. Also verließen sie zehn Minuten später das Zelt, überquerten die Straße und standen vor einem roten Backsteingebäude, das Frieda kaum wahrgenommen hätte, weil zwei Buden davor standen. Es hatte sich bereits eine kleine Schlange gebildet. Eddie zahlte an der Tür den geringen Eintrittspreis, dann wünschte eine weitere Weihnachtselfe ihnen viel Spaß und ließ sie in die Halle treten.

Frieda bekam den Mund vor Staunen kaum zu. Von der meterhohen Decke hingen zahlreiche leuchtende Sterne herab. Überall funkelte es. Auf dem Boden lag Kunstschnee, der wie echter Schnee unter ihren Schuhen knirschte. Die Halle war riesig. Vor einer weihnachtlich beleuchteten Fensterfront war eine kleine Bühne aufgebaut. Davor einige Stuhlreihen. Die Sitze waren mit dunkelrotem Samt bespannt. Auf der anderen Seite der Halle waren altmodische Jahrmarktswagen, die zu Verkaufsständen umgebaut worden waren. Es gab Fish&Chips, Bier, Wein, gebrannte Mandeln, weihnachtliche Eissorten wie Walnuss mit Orange und Marzipan mit Vanille, und es gab ein wunderhübsches altes Karussell mit Pferden, das von leuchtenden Kinderaugen bestaunt wurde. Die Karussellpferde hatten Weihnachtsmützen aufgesetzt bekommen. »Möchtest du eine Runde fahren?«, fragte Eddie.

Frieda war überwältigt, von dem, was sie sah. Noch nie zuvor hatte sie so viel Weihnachtsatmosphäre gespürt wie hier. »Ja, gerne«, rief sie begeistert. Sie war seit Ewigkeiten kein Karussell mehr gefahren. Sie suchten sich zwei *nebeneinanderstehende Pferde und hielten während der Fahrt über Händchen. Frieda fühlte sich glücklich wie selten zuvor.*

Nach dem Karussell aßen sie einen Bratapfel mit Vanillesoße, dann suchten sie sich einen Platz, um das Konzert zu hören. Sie fanden noch zwei leere Stühle in der dritten Reihe. Es kamen immer mehr Menschen und schließlich verstummte die Musik vom Karussell und das Stimmengewirr in der Halle wurde immer leiser. Der Geruch von Bratäpfeln und gebrannten Mandeln zog durch die Sitzreihen und Frieda schloss einen Moment lang die Augen, um all die anderen Düfte in sich aufzunehmen, um sich später daran zu erinnern. Zimt vom Glühweinstand, Vanille von der Keksbäckerin und Orangenduft vom Eisverkäufer. Es roch herrlich!

Als applaudiert wurde, öffnete sie wieder die Augen und sah, wie ungefähr zehn Personen, darunter vier Kinder und Jugendliche, auf die Bühne traten. Alle hatten weiße Blusen oder Hemden an und dunkelblaue Röcke oder Hosen. Ein blonder Junge mit Locken saß am Klavier. Er konnte höchstens vierzehn sein. Ein kleines Mädchen spielte Harfe, ein Mann hatte eine Trompete dabei. Eine Frau in einem roten Kostüm stellte das Mikrofon auf die richtige Höhe ein, dann wurde es ganz leise.

Zuerst wurde The Christmas Song gespielt, und es klang wunderschön. Ein etwa vierzehnjähriges Mädchen sang mit glasklarer Stimme. Frieda hatte nie zuvor ein schöneres Weihnachtslied gehört.

Danach folgten ein paar Lieder, die weder Frieda noch Eddie kannten, doch dann wurden wieder bekanntere gespielt. White Christmas, Silver Bells und Sleigh Ride.

Nach anderthalb Stunden war das Konzert zu Ende und Frieda fühlte sich fast trunken von so viel Weihnachtsmusik.

Arm in Arm schlenderten sie hinaus in die belebte Maple Street, in der sich die Besucher nun dicht an dicht drängten. »Ist das dort drüben etwa …« Frieda klappte erneut der

Mund auf. Sie zeigte zwischen zwei geschmückten Tannen hindurch. »Eine Eislaufbahn?«

»Tatsächlich«, sagte Eddie staunend. Erst jetzt bemerkte Frieda das Schild neben der Tanne. »Weihnachtswald.«

Sie folgten zwei Pärchen in ihrem Alter einen schmalen Pfad entlang durch den Weihnachtswald. Die Bäume standen so dicht beieinander, dass Äste gegen ihre Arme und Schultern schlugen. Viele der Zweige waren mit getrockneten Orangenschalen und Strohsternen geschmückt. Am Ende des künstlich erschaffenen Weihnachtswalds befand sich eine Schlittschuhbahn. Sie war nicht besonders groß, aber groß genug, um Pirouetten zu drehen und sich ein wenig auszutoben. An einer kleinen Holzhütte wurden Schlittschuhe verliehen, doch Eddie hatte so große Füße, dass sie keine in seiner Größe hatten, und alleine wollte Frieda nicht auf das Eis. Sie stellten sich aber an den Rand und beobachteten mit Spaß das Treiben auf dem Eis. Eddie holte ihnen einen Kakao mit Zimt und Sahne und sie setzten sich auf eine schmale Holzbank neben einer älteren Frau, die ihrem Enkelkind beim Schlittschuhlaufen zusah.

Die Zeit verging wie im Flug und als gegen Mitternacht die ersten Buden schlossen, war Frieda erschrocken, wie viel Zeit sie hier verbracht hatten.

Arm in Arm schlenderten sie zurück zum Pub, wo sie ein Zimmer gemietet hatten. Aber am nächsten Abend kehrten sie zurück. Denn wer einmal in der Maple Street war, der wollte immer wieder dorthin zurück, so versprach es einer der Flyer. Und das stimmte.

Traurig lächelnd klappte Frieda das Fotoalbum zu. Dorthin wollte sie dieses Jahr! Gab es etwas Schöneres, als die Weihnachtszeit in der Maple Street zu verbringen? Sie sehnte sich nach den leckeren Maronen und Bratäpfeln, dem Glühwein, der ihr nirgendwo besser geschmeckt hatte, nach den hübschen Buden und dem fröhlichen Treiben. Vielleicht konnte sie ihre Freundin Irma überreden, mitzukommen. Irma kam jeden Sonntag zum Brunch vorbei. Doch sie würde ihre Katzen sicherlich nicht alleine lassen. Frieda starrte zum Telefon. Sollte sie sie trotzdem fragen?

Bevor sie eine Entscheidung treffen konnte, klingelte es an der Wohnungstür.

Kurz darauf stand ihr Sohn Derek im Flur. Sein Bart hätte gestutzt werden müssen und seine Kleidung sah nachlässig aus. Der Parka war an den Ärmeln verschmutzt und der Stoff seiner Hose war an einigen Stellen aufgeraut. Wenn er sich doch nur mehr Mühe geben würde, dachte Frieda. Er war so gut aussehend. Mit den strahlend blaugrünen Augen kam er nach seinem Vater. Die gleiche Nase, das gleiche schmale Kinn.

»Hast du die Weihnachtssachen mit?«, fragte Frieda mit Blick über seine Schulter, doch Derek schloss die Wohnungstür und marschierte ins Wohnzimmer. »Die sind abhandengekommen, als ich aus meiner Wohnung ausgezogen bin.« Er setzte sich auf die Ledercouch, ohne die Jacke auszuziehen, was Frieda merkwürdig fand. Anscheinend wollte er nicht lange bleiben, also bot sie ihm nichts an, schenkte sich selbst aber ein Glas Eistee mit einem Schuss Rum ein, bevor sie sich auf den Sessel setzte. »Wieso hast du die Sachen überhaupt mitgenommen?«, fragte sie verärgert. »Ist das nun modern, seine eigene Mutter zu bestehlen?«

Er rollte mit den Augen. »Das waren doch nur Weihnachtssachen. Ich wollte mir einige Dinge ausleihen, als du im Krankenhaus warst.«

»Ich war im August im Krankenhaus. Was wolltest du denn im Sommer mit Lametta und Weihnachtsbaumkugeln?«

»Tut mir leid, dass ich die Sachen verlegt habe«, sagte er schnell, sah sie aber nicht an. »Ich bin hergekommen, um mit dir über etwas Wichtiges zu reden.«

Sie hob beide Brauen und nahm einen kräftigen Schluck von ihrem Glas.

»Leg los«, forderte sie ihn auf.

Derek holte tief Luft und starrte an die Decke. »Wir finden, dass du nicht mehr alleine wohnen solltest in deinem Alter.«

Frieda hatte damit gerechnet, dass er sie um Geld bitten würde. Aber nun war sie wie vor den Kopf gestoßen. »Bitte?«

»Denk doch mal daran, was alles passieren kann. Wenn du hinfällst, könntest du tagelang hier liegen und niemand merkt etwas.«

»Du redest Unsinn!«, sagte sie barsch.

»Ella und ich habe ein schönes Seniorenheim gefunden. Du hättest dein eigenes Zimmer, mit einer kleinen Kochgelegenheit. Jeden Abend finden dort Veranstaltungen statt.«

Frieda öffnete den Mund und schloss ihn sofort wieder. Seniorenheim? Hatte er sie noch alle?

»Wie wäre es, wenn du dich um dein Leben kümmerst und ich mich um meins«, sagte sie und stand auf. »Du hast keine Wohnung und keine Arbeit und willst mir sagen, wie ich zu leben habe?«

Derek stand nun ebenfalls auf. Als er ihr in die Augen sah, war es, als stünde sie einem Fremden gegenüber. »Du bist gebrechlich, Mutter, das kannst du nicht abstreiten.

Und vergesslich. Die Wohnung könnte abbrennen, wenn du den Herd anlässt.«

»Das ist doch lächerlich!« Sie zog die Tür zum Flur auf. Sie war überhaupt nicht vergesslich! Namen hatte sie sich noch nie gut merken können, aber den Herd hatte sie noch nie angelassen. »Verschwinde! Das muss ich mir nicht von meinem eigenen Sohn anhören! Was ist denn über dich gekommen?«

»Ella stimmt mir zu«, sagte er leise.

»Raus!«, rief sie und bugsierte ihn zur Haustür.

»Denk drüber nach«, sagte er und trat in den Hausflur.

Frieda knallte die Wohnungstür zu. Sie zitterte vor Wut, ging zurück ins Wohnzimmer und trank den Rest ihres Eistees in einem Zug aus.

Ihre Weihnachtsdekoration war weg und ihre Kinder wollten sie ins Pflegeheim abschieben. Was für ein Weihnachten! Aber sie würde sich die Festtage nicht ruinieren lassen. Auf keinen Fall würde sie Weihnachten mit ihren Kindern verbringen. Was bildeten die beiden sich überhaupt ein?

Sie setzte sich ans Telefon und rief Irma an. Doch ihre Freundin war erkältet und so heiser, dass Frieda ihr nur eine gute Besserung wünschte und auflegte. So ein Mist!

3

Mara wickelte ihren Schal enger um den Hals, denn der abendliche Wind war so eisig, dass sie bibberte. Hätte sie doch bloß eine dicke Strumpfhose unter ihre Jeans angezogen. Aber wie immer hatte sie das Wetter unterschätzt. In Hamburg sah es oft grau und trüb aus. Wenn es danach ginge, müsste sie sich meistens warm einpacken. Die letzten Winter waren außerdem so milde gewesen, dass sie nicht einmal Handschuhe gebraucht hatte.

Sie ging vor dem Alsterpavillon auf und ab und beobachtete das Treiben auf der gegenüberliegenden Straßenseite. Das reinste Gewusel. Viel zu viele Menschen auf einen Haufen! Die meisten trugen dicke Mäntel und Mützen. Sie sah aber auch zwei Jugendliche, die nur Sweatshirts anhatten und deren Hosen kurz unter dem Knie endete. Einer von ihnen hatte grüne Haare mit roten Strähnen.

Die Türen der Geschäfte schwangen in schnellem Tempo auf und zu. Viele hatten vollgepackte Taschen, vermutlich handelte es sich schon um Weihnachtseinkäufe. Zwei ältere Frauen mussten umständlich um einen Straßenmusiker herumgehen und schimpften lauthals. Es kam beinahe zu einem Handgemenge.

Wieso flippten die Leute immer besonders zur Weihnachtszeit aus? Alle hetzten und wirkten gestresst. Sollte es nicht eine besinnliche Zeit sein? Aber stattdessen eilten die Menschen an ihr vorbei, schrien ihre trödelnden Kinder an, sich zu beeilen, und schlugen mehr als einmal versehentlich ihre schweren Taschen gegen Maras Beine.

Der Straßenmusiker spielte Jingle Bells, zum bestimmt fünften Mal. Mara hielt es keine Minute mehr aus. Es war klar, dass Pia nicht kommen würde.

Sie vergrub ihre Hände in den Manteltaschen und marschierte Richtung Colonnaden, dabei versuchte sie, so schnell es ging, an den Besuchern des Weihnachtsmarktes vorbeizukommen. Der Duft von gebrannten Mandeln erinnerte sie daran, wie hungrig sie war, doch sie hatte nur noch vier Euro bei sich und die würde sie in einen Kaffee bei Starbucks investieren, um sich aufzuwärmen und ihr Handy aufzuladen.

Sie bestellte sich einen Cappuccino und setzte sich an einen kleinen Tisch ans Fenster, von wo aus sie direkt auf das Treiben des Weihnachtsmarkts und einen Teil der Alster sehen konnte. Sie mochte Hamburg, aber um Weihnachten herum machte die Stadt sie oft traurig. Die Lichter des Weihnachtsmarkts erinnerten sie schmerzhaft an die wenigen schönen Weihnachtstage in ihrer Kindheit. Als ihre Eltern noch zusammen gewesen waren. Kartoffelsalat und Würstchen, danach Bescherung und anschließend hatten sie vorm Weihnachtsbaum gesungen. Das schien unendlich lange her zu sein.

Als Mara acht war, zog ihr Vater nach Hessen und seitdem hatte sie ihn nur selten gesehen. Er hatte eine neue Frau und vor zehn Jahren hatten sie Zwillinge bekommen. Hendrik und Clementine. Beide mit wuscheligen hellbraunen Haaren, wie ihr Vater. Die braunen Augen hatten sie von ihrer Mutter. Die neue Frau ihres Vaters und Mara waren nie gut miteinander ausgekommen. Evelin war rechthaberisch und ziemlich schnell gereizt. Eine furchtbare Person.

Mara holte ihr Ladekabel aus dem Rucksack und

lud ihr Handy auf. Nur noch zehn Prozent Akku. Sie würde mindestens eine dreiviertel Stunde hierbleiben müssen, um den Handyakku halbwegs aufzuladen.

Ihre Hände waren so kalt, dass sie immer noch kribbelten. Das heiße Getränk tat gut und wärmte sie schnell von innen. Sie fragte sich, wieso Pia sie versetzt hatte, doch in dem Moment vibrierte ihr Handy. Es war eine Nachricht von Pia.

Sorry, meine Mitbewohnerin macht Stress. Du kannst hier nicht mehr schlafen.

☹ Muss heute Abend zu meinen Eltern, hatte ich ganz vergessen. Weihnachtsmarkt holen wir nach, ok?

Na toll, dachte Mara und stellte den Becher ab. Ihre Hände begannen zu zittern und ihr Herz raste so schnell, dass ihr für einen Moment die Luft wegblieb. Bloß nicht in Panik ausbrechen. Es würde sich schon eine Lösung finden. Schließlich hatte sie geahnt, dass sie nicht viel länger in Pias WG übernachten konnte. Die blöde Elena hatte schon vor zwei Nächten gesagt, dass sie keine Dauerübernachtungsgäste haben wollte. Blöde Kuh! Dabei zahlte Pia doch die halbe Miete!

Sie schrieb ihrer Freundin Hanna eine WhatsApp – Nachricht, um zu fragen, ob sie bei ihr übernachten könnte, doch Hanna schrieb ihr, dass sie abends ein Date hatte. So ein Mist! Sie wusste niemanden sonst, den sie fragen konnte. Die anderen lebten entweder noch bei ihren Eltern oder sie waren fürs Studium weit weggezogen.

Zwei lachende junge Frauen betraten das Café und steuerten auf einen Tisch neben Mara zu. Sie trugen rote Wollmützen und unter ihren Parkas wurden kitschige Pullover mit Rentieren sichtbar. Sie verstauten mehrere Tüten auf der Sitzbank und überlegten laut, ob sie Kuchen wollten oder lieber später Waffeln vom Weihnachtsmarkt.

Mara versuchte nicht hinzuhören, ihr Magen knurrte immer lauter. Sie trank Schluck für Schluck ihren Cappuccino und überlegte, was sie nun tun sollte.

»Mara?«, ertönte plötzlich eine männliche Stimme hinter ihr. Sie drehte sich um und sah in schokoladenbraune Augen, die zu einem sommersprossigen Typen mit roten, strubbeligen Haaren gehörten. »Nick!«, sagte sie überrascht. Sie war mit Nick – Nikolas Ferber – aufs Gymnasium gegangen. Die beiden hatten ab und zu zusammen gelernt. Er war gut in Mathe gewesen und schlecht in Chemie und bei ihr war es umgekehrt gewesen, sodass sie sich gegenseitig helfen konnten. Nach dem Abi war er nach Heidelberg gezogen, um Medizin zu studieren. Das war zwei Jahre her. Seitdem hatte sie ihn weder gesehen noch von ihm gehört. Er hielt von *Social Media* nichts und war online nicht zu finden.

»Was machst du denn hier?«, fragte sie mit einem breiten Lächeln, als er sich einen Stuhl heranzog und sich zu ihr an den Tisch setzte.

»Ist doch bald Weihnachten. In meinem Wohnheim ist es laut und ziemlich ätzend, da bin ich lieber bei meinen Eltern.«

Sie wusste, dass seine Eltern in Winterhude lebten. Sein Vater war Zahnarzt, seine Mutter Psychiaterin. Beide hatten ihre eigene Praxis.

»Und, wie läuft es bei dir? Was machst du so?« Er zog seinen Parka aus und wickelte den grauen Schal ab, den er sorgfältig auf die Stuhllehne legte. In der

Schule war er für seinen Ordnungsfimmel mehr als einmal aufgezogen worden. Doch Mara mochte es, wenn Menschen ordentlich waren. Ordnung sorgte für Ruhe, Unordnung machte sie meistens recht schnell nervös.

»Ich mache eine Ausbildung zur Mediengestalterin«, log sie. Die Ausbildung hatte sie vor zwei Monaten abgebrochen. Das war auch der Grund für den Streit mit ihrer Mutter gewesen, der so eskaliert war, dass ihre Mutter sie rausgeworfen hatte.

»Und, gefällt es dir?«, fragte Nick und zog seine Geldbörse aus der Hosentasche, um einen Zwanzig Euro Schein herauszuholen. »Magst du noch einen?«, fragte er mit Blick auf ihren Becher und stand auf.

»Gerne«, sagte Mara und sah ihm nach, wie er mit dem Geldschein an den Tresen ging. Ihr Herz raste, als sie die Geldbörse auf dem Tisch betrachtete. Sie konnte doch nicht … Allerdings würde sie sonst auf der Straße schlafen müssen und bei der Kälte würde sie erfrieren. Niemals würde sie in eine dieser Notunterkünfte gehen. Dort stank es und es waren fast nur betrunkene Typen dort, die schnarchten oder laut vor sich hin murmelten. Sie blickte von Nick zu den Mädchen am Nebentisch, die alle auf ihr Smartphone starrten, dann griff sie blitzschnell nach der Geldbörse und zog einen Zwanzig-Euro-Schein raus, der zwischen zwei Fünfzigern steckte. Vermutlich war es Weihnachtsgeld von seinen Großeltern, dachte sie beschämt. Sie würde es ihm zurückgeben. Als sie sicher war, dass niemand sie beobachtet hatte, entspannte sie sich. Nick sprach mit der Angestellten und hatte ihr den Rücken zugekehrt.

Kurz darauf kam er gut gelaunt mit zwei dampfenden Bechern zurück. »Und, erzähl mal«, forderte er sie auf. »Wie ist deine Ausbildung so?«

»Nicht so cool, wie ich gehofft hatte«, meinte Mara und hielt den Atem an, als Nick das Restgeld in sein Portemonnaie zurücksteckte. Doch er schien nichts zu bemerken und steckte die Geldbörse wieder in seine hintere Hosentasche.

»Der Chef ist ein Arsch«, fügte sie auf seinen fragenden Blick hinzu. Das stimmte. Herr Klein pöbelte, sobald jemand auch nur einen winzigen Fehler machte. Als Mara einmal eine Grafik unter einem falschen Dateinamen abgespeichert hatte, hatte er sie an den Schultern gepackt und ihr minutenlang ins Ohr geschrien. *»Sind Sie eigentlich völlig dämlich? Wie dumm kann man denn sein? Gut aussehen alleine reicht hier nicht! Wenn Sie sich weiter zu blöd anstellen, müssen Sie irgendwann die Beine für Ihren Chef breit machen, um nicht gefeuert zu werden! Allerdings werde ich mit Sicherheit nicht Ihr Chef bleiben, Sie können froh sein, wenn ich Sie nicht hochkant rauswerfe!«*

Sie erinnerte sich noch gut an die entsetzen Gesichtsausdrücke ihrer Kolleginnen. Doch verteidigt hatte sie keiner. Ab da war Mara mit Übelkeit und Herzrasen zur Arbeit gekommen. Als er sie erneut angebrüllt und beleidigt hatte, hatte sie ihn einen Arsch genannt und gekündigt. Was ein Fehler gewesen war, weil sie nicht einmal Anspruch auf Arbeitslosengeld oder sonstige Unterstützung hatte.

Ihre Mutter hatte ihr nicht geglaubt, wie schlimm Herr Klein gewesen war. Als Auszubildende müsse man sich zusammenreißen und auch mal was aushalten können. Ihre Lehre als Bauzeichnerin sei auch kein Zuckerschlecken gewesen. Sie hätte sich mit zwei Chefs rumschlagen müssen, die ihr immer wieder an den Hintern gefasst und anzügliche

Bemerkungen gemacht hätten. So war das eben. Mara war fassungslos gewesen.

»Solange die Arbeit trotzdem Spaß macht«, sagte Nick achselzuckend. »Ist ja nur noch ein Jahr, oder?«

»Genau«, sagte Mara leise und nahm einen Schluck von ihrem Becher. »Und bei dir?« Sie wollte nicht länger über ihre Ausbildung reden.

»Heidelberg ist schon cool. Die Uni sowieso, aber das Nachtleben ist echt besser als hier. Alles gechillter. Und coole Leute. Ich bin ganz zufrieden«, sagte er breit grinsend.

Das freute Mara. Nick war ein toller Typ, doch es hatte nie zwischen ihnen gefunkt. Sie fragte sich, wieso sie ihn nie um ein Date gebeten hatte.

»Ich dachte, du wolltest auch studieren«, meinte er.

Sie hatte eine Zeitlang überlegt, Chemie zu studieren, doch ihre Mutter hatte es ihr ausgeredet. Gerade als Frau würde sie danach kaum einen Arbeitsplatz finden. Sie solle lieber eine Ausbildung machen, das wäre sicherer. Wieso hatte Mara bloß auf sie gehört?

»Hatte ich vorgehabt, aber …« Sie zuckte mit den Schultern. Was sollte sie sagen? Dass ihre Mutter sie überredet hatte, etwas Vernünftiges zu erlernen?

Dass ihre Mutter sowieso nicht glaubte, dass Mara ein Studium schaffen würde?

»Aber?«, hakte er nach und nahm einen Schluck aus seinem Becher.

»Hatte private Gründe«, sagte sie leise und kam sich dumm vor, ihn so abzuspeisen. Er schien zu merken, dass ihr das Thema unangenehm war und wechselte das Thema. »Hast du noch Kontakt zu den anderen aus dem Jahrgang?«

»Pia und Jasmin sehe ich häufig. Pia studiert hier in

Hamburg Sozialpädagogik und Hanna BWL. Ab und zu sehe ich auch Dennis und Lukas im Irish Pub. Sind immer noch zwei Angeber. Nur, dass Lukas nun einen Porsche fährt.«

Nick lachte. »Davon hat er ja seit der achten Klasse gesprochen!«

»Hast du gar keinen Kontakt mehr zu irgendwem?« Sie wusste, dass Nick damals nicht sehr beliebt gewesen war. Er war zu ruhig und zu lieb, was zwar bei einigen Mädchen gut ankam – allerdings nur als bester Freund, aber bei den Jungs zu Spott und Häme geführt hatte.

»Bin froh, dass keiner von den Idioten in Heidelberg ist«, sagte er halb lachend.

»Ich dachte, Rabea wäre auch dort«, meinte Mara. »Pia sagte so etwas.«

Er zuckte mit den Schultern. »Keine Ahnung. Hab sie nicht getroffen. Schon Weihnachtseinkäufe erledigt?«

Mara spürte einen Kloß im Hals. Weihnachten. Wo würde sie bloß Weihnachten verbringen? Sie hatte den Feiertagen noch nie viel abgewinnen können. Ihre Mutter machte immer einen grässlichen Hackbraten und trank zu viel Wein. Manchmal lud sie auch eine entfernte Cousine ein, die alles besser wusste und konnte.

Dieses Jahr würde ihre Mutter sie bestimmt nicht dabeihaben wollen. Sie hatte ihr sogar verboten, je wieder einen Fuß in das Haus zu setzen und Mara würde ihr Mutter ganz bestimmt nicht anbetteln.

Aber die Weihnachtstage in einer U-Bahn-Station zu verbringen wäre an Traurigkeit nicht mehr zu überbieten. Vielleicht sollte sie nach Hessen zu ihrem Vater fahren. Doch die Wohnung war für fünf Leute einfach zu klein. Sie würden Mara bestimmt nicht rauswerfen, aber Evelin würde ihr eine Standpauke halten, wie sie nur so dumm hatte sein können, zu kündigen. Darauf konnte sie verzichten und deswegen hatte sie ihren Vater auch nicht um Geld oder Hilfe gebeten.

»Klar habe ich meine Weihnachtseinkäufe schon erledigt. Online«, log sie und trank schnell ihren Cappuccino aus.

Nick fuhr sich mit den Fingerspitzen durch das Haar, wodurch es noch unordentlicher aussah. Doch Mara fand es irgendwie niedlich.

»Meine Eltern haben dieses Jahr meine Tante und meinen Onkel aus Kanada eingeladen und die treffen nächste Woche ein. Dann wird unser Haus aus allen Nähten platzen, weil meine Schwester mit ihren Kindern auch kommt.« Er rollte mit den Augen. Mara beneidete ihn. Seine Eltern waren vermutlich sehr stolz auf ihn und er musste sich keine Gedanken darüber machen, wo er die kommenden Wochen und Monate wohnen würde.

»Wollen wir gleich zusammen zur S-Bahn gehen?«, fragte Nick mit Blick auf seine Uhr. »Oder wolltest du noch wohin?«

»Bin noch mit einer Freundin verabredet«, sagte Mara und zeigte zum Weihnachtsmarkt. »Wir wollen Glühwein trinken und uns mit gebrannten Mandeln vollstopfen.« So war eigentlich der Plan gewesen. Doch nun war Pia bei ihren Eltern und Mara musste sich überlegen, wo sie die Nacht verbringen würde.

Nick band sich seinen Schal wieder um. »Dann wünsche ich euch viel Spaß. War toll, doch zu treffen. Und frohe Feiertage, falls wir uns nicht mehr sehen.« Er schob seinen Stuhl zurück und erhob sich. Einen

Moment lang wirkte es so, als wollte er noch was sagen, doch dann zuckte er nur mit den Schultern, grinste und marschierte zur Tür.

»Dir auch«, sagte sie und blickte ihm durch das Fenster nach, wie er über die Ampel lief.

Sie wartete eine halbe Stunde, dann nahm sie ihr Handy vom Ladekabel, verstaute ihre Sachen und zog sich wieder an. In ihrer kleinen Sporttasche hatte sie nur das Nötigste. Etwas Kleidung zum Wechseln, ihre Kulturtasche und ein Buch, das sie aus einem Bücherschrank hatte. Ein norwegischer Krimi, den sie schon zur Hälfte durchgelesen hatte. Sie marschierte Richtung S-Bahn, fuhr eine Station zum Hauptbahnhof und steuerte auf das Hostel zu, das laut ihrer Internetrecherche, die günstigen Preise hatte. Für siebzehn Euro bekam sie ein Bett für eine Nacht in einem Acht-Bett-Zimmer, von denen allerdings nur vier belegt waren. Das war besser, als unter einer Brücke zu schlafen, wo sie vermutlich erfrieren würde.

Der Typ hinter dem Tresen war Mitte zwanzig, hatte blonde Locken und strahlend blaue Augen. Und irgendwoher kam er ihr bekannt vor, aber sie kam nicht drauf.

»Kennen wir uns nicht?«, fragte er, als er ihr das Wechselgeld gab.

»Ich weiß nicht. Du kommst mir schon irgendwie bekannt vor.« Sie studierte sein Gesicht. Die kleine Narbe am Kinn, die gerade Nase, das umwerfende Lächeln. Woher nur kannte sie ihn?

Er betrachtete sie eine Weile. »Kennst du eine Dorothee Schmitz?«

Mara nickte. »Ja, aus der Schule früher.« Sie kniff die Augen zusammen. »Bist du ihr Bruder?«

Er grinste breit und nickte. »Ja, ich habe die Theater AG ne Zeitlang geleitet«, meinte er. »Lars. Und du bist …Svenja?«

Sie schüttelte den Kopf. »Mara.«

»Wieso übernachtest du hier?«, fragte er interessiert, als sie ihre Sporttasche hochhob. »Hab Stress mit meiner Mutter«, meinte sie schulterzuckend.

Er hob eine Augenbraue. »Und ne Freundin hat keinen Platz auf der Couch?«

Sie schüttelte den Kopf und verzog den Mund. »Der Streit mit meiner Mutter dauert bereits etwas länger.« Auf dem Weg zum Fahrstuhl ärgerte sie sich über ihre Ehrlichkeit. Eigentlich ging ihn das doch gar nichts an. Und was war, wenn er es seiner Schwester erzählte und die es weitersagte. Sie wollte nicht, dass die Leute sie für eine komplette Versagerin hielten. Wütend drückte sie auf den Knopf für die dritte Etage. Hätte sie ihm doch bloß nichts gesagt!

Kurz bevor die Fahrstuhltüren sich schlossen, glitt eine Hand dazwischen und Lars trat in die Kabine. »Hey, also ich dachte … Meine Schicht endet in einer halben Stunde und ich wollte nebenan Sushi essen gehen.«

»Oh, ich liebe Sushi«, sagte sie. In ihrem Magen rumorte es nun so laut, dass er es bestimmt hören konnte. Sie hatte zuletzt vormittags etwas gegessen. Ein Käsebrötchen und eine Salami.

»Prima … dann in einer halben Stunde?«

»Ich hab kein Geld«, sagte sie leise, als er wieder aussteigen wollte.

»Ich lad dich ein«, sagte er schnell und zwinkerte, dann schlossen sich die Fahrstuhltüren.

Der Flur der dritten Etage war recht dunkel und

roch muffig. Ein blinkender Plastiktannenbaum vor dem Fenster war die einzige Weihnachtsdeko.

Das Zimmer jedoch war hell und freundlich und relativ groß. Sie wählte ein Bett vor dem Fenster und nahm die untere Etage. Die obere war zum Glück noch leer und sie hoffte, dass das so blieb.

»Hi there! I'm from Utah«, sagte eine amerikanische Touristin, die auf ihrem Bett in der Ecke saß und in einer Zeitschrift blättere.

»Hi«, erwiderte Mara. Außer ihr und dem Mädchen war niemand da.

Sie zog sich schnell ein frisches Sweatshirt an, kämmte sich die Haare und verstaute ihre wenigen Habseligkeiten in einem Spind, bevor sie nach unten ging, wo Lars bereits im Eingangsbereich auf sie wartete.

Das Sushi Lokal war klein und ziemlich gut besucht. Sie bedienten sich am Büffet, wo Mara sich vier Maki Sushi mit Gurke und Lachs auf den Teller legte. Lars hob spöttisch eine Augenbraue, während er sechs California Rolls mit Thunfisch und frittierten Garnelen nahm und dazu noch Maki mit Hühnchen und Frischkäse. »Iss so viel du willst«, sagte er und beobachtete zufrieden, wie sie ihren Teller belud. Anschließend suchten sie sich einen Platz am Fenster, wo sie das Treiben auf der Straße beobachten konnten. Zahlreiche Menschen mit Rollkoffern eilten über den Bügersteig zum Hauptbahnhof. Mara musste an Nick denken und fragte sich, was er wohl gerade machte. Vermutlich aß er mit seinen Eltern Pizza und schaute eine Serie im Fernsehen. Sie hatte ihn immer um das Verhältnis zu seinen Eltern beneidet. Bei der Abifeier hatte sich seine Mutter Tränen vor Rührung aus den Augen gewischt. Nick hatte das zweitbeste Abiturzeugnis gehabt.

Maras Mutter hingegen war nie zufrieden mit den Leistungen ihrer Tochter gewesen. Und zur Zeugnisübergabe war sie gar nicht erst gekommen.

»Ist dieser Streit mit deiner Mutter ernst?«, fraget Lars, als hätte er ihre Gedanken erraten.

»Ziemlich. Aber ich möchte nicht darüber reden.« Sie nahm einen Schluck Bier und begann zu frösteln.

»Kannst du nicht zu deinem Vater?«

»Nein. Er wohnt in Hessen mit seiner neuen Familie und die Wohnung ist eh zu klein«, antwortete Mara leise.

»Und wo schläfst du morgen, wenn du kein Geld mehr hast?«

Mara zuckte mit den Schultern und hantierte umständlich mit den Stäbchen herum, dabei tunkte sie ihre Maki Sushi in die Sojasoße.

Er beugte sich tiefer über den Tisch. »Ich habe da eine Idee«, sagte er.

Sie zog eine Braue hoch. Etwas an seiner Tonlage ließ sie misstrauisch werden.

Seine Augen schimmerten in dem grünlichen Licht türkis.

»Du kannst erst mal im Hostel schlafen. Ich regle das«, meinte er und nahm ein Stück Ingwer, das er genüsslich kaute. Mara wartete auf ein *Aber* und dieses *Aber* kam auch, nachdem er fertig gegessen hatte.

»Ich weiß, wie das ist, wenn man auf sich alleine gestellt ist. Meine Eltern sind ziemlich uncool.« Er schob seinen leeren Teller beiseite und trank einen Schluck Bier aus der Flasche. »Ich hab drei Semester Jura studiert, weil sie das wollten. Mein Ding war das nie. Ich wollte lieber Sozialpädagoge werden. Was Sinnvolles tun. Fanden die nicht gut.« Er wischte sich mit einer Serviette die Hände ab und sah Mara direkt in die Augen. »Sie haben den Geldhahn zugedreht. Entweder Jura oder ich muss alleine klarkommen. Also hab ich mir ein paar Jobs besorgt.«

»Hast du dann noch genug Zeit zum Lernen?«

»Der Job im Hostel ist nicht anstrengend. Wenn nichts zu tun ist, steck ich meinen Kopf in die Bücher. Und die anderen Jobs sind … ziemlich leicht. Na ja, … eher speziell.«

Mara zog die Stirn in Falten. »Was machst du denn noch?«

Er sah sich um, zwei Pärchen kamen zur Tür herein und unterhielten sich über irgendein Fußballspiel.

»Ich habe eine Möglichkeit gefunden, an schnelles Geld zu kommen.« Er grinste schief. »Mehr erzähle ich dir lieber woanders.«

»Drogen?«, mutmaßte Mara, die niemals so verzweifelt sein würde, dass sie illegale Substanzen verticken würde.

»Quatsch, nein«, sagte Lars schnell. »Iss auf, dann reden wir woanders weiter.«

Kurz darauf traten sie auf die verregnete Straße. Aus einem der umliegenden Imbisse lief *White Christmas* und Mara hoffte, dass es nicht schneien würde, solange sie keine feste Bleibe hatte.

»Lass uns dort drüben auf die Bank setzen«, sagte er und zeigte auf eine Holzbank vor einer kleinen Grünfläche.

Sein Lächeln überzeugte sie schließlich, ihm zu folgen. Es hatte etwas Beruhigendes, Wärmendes in dieser Kälte. Und sie sehnte sich nach Wärme mehr als jemals zuvor.

4
Sieben Tage vor Heiligabend.

Zufrieden blickte Frieda auf die kleine Tanne vor dem Fenster. Eine künstliche Tanne, die allerdings – zumindest im Dunklen – als echt durchging. Geschmückt mit roten und goldenen Kugeln machte sie schon was her, fand Frieda. Leider war die Lichterkette defekt, aber sie würde am nächsten Tag eine neue besorgen. Zweihundert Euro hatte sie für Weihnachtsdeko ausgegeben. Es war nicht so, dass sie das Geld nicht übrig hatte. Es ärgerte sie bloß, weil es eigentlich eine unnötige Ausgabe war. Hätte Derek ihren Weihnachtsschmuck nicht verkauft oder verschenkt oder was immer er damit gemacht haben mochte, hätte sie das Geld dem Tierheim spenden können. Sie spendete dem Tierheim jedes Jahr mehrere Hundert Euro, ebenso der Kinderhilfe, auch wenn sie Angst hatte, dass das Geld nie an den richtigen Stellen ankam. Außerdem hatten ihr ihre Sachen besser gefallen. Heutzutage bekam man fast nur noch billige Sachen aus China. Ihre Engel und Weihnachtskugeln waren handbemalt gewesen. Die Christbaumspitze hatte sie aus England mitgebracht. Die hatte ein Vermögen gekostet in diesem Londoner Luxus- Kaufhaus. Sie wurde immer noch wütend, wenn sie an ihren Sohn dachte. Seit seinem letzten Besuch hatte sie nicht mehr mit ihm gesprochen. Die zwei Anrufe von Ella hatte sie ignoriert. Sie hatte sich sogar schon vorsichtshalber bei einem Anwalt erkundigt, weil sie Angst hatte, dass ihre Kinder sie entmündigen lassen wollten. Aber der Anwalt hatte sie beruhigen können. Ohne konkrete Gründe, wie eine ärztlich bescheinigte Demenz oder eine Geisteskrankheit, konnten ihre Kinder sie nicht zwingen, irgendwohin zu ziehen.

»So etwas Unverschämtes von deinen Kindern!«, hatte Irma einen Abend zuvor immer wieder gesagt, während die beiden in Irmas Wohnzimmer Tee getrunken und Lebkuchen gegessen hatten. Und dann hatte sie traurig den Kopf geschüttelt und gesagt, zum ersten Mal sei sie froh, keine Kinder bekommen zu haben. Es war nicht so, dass Irma keine Kinder gewollt hatte. Es hatte sich nur nicht der richtige Zeitpunkt ergeben. Zuerst hatte sie jahrelang ihre kranke Mutter pflegen müssen, dann hatte sie ihr Studium der Zahnmedizin abgeschlossen und in einer gutgehenden Praxis gearbeitet. Als sie bereit für Kinder war, mit Mitte dreißig, hatte ihr Mann die Scheidung eingereicht und danach hatte sie keinen passenden Mann mehr gefunden. Frieda hatte sie immer heimlich bedauert und es möglichst unterlassen, von ihren Enkelkindern vorzuschwärmen. Doch nun beneidete sie ihre Freundin.

Mit einem Stück Christstollen und einer Tasse Kaffee setzte sie sich ins Wohnzimmer und sah sich eine amerikanische Krimiserie an. Sie hatte nicht viel für Serien übrig, doch bei dieser mochte sie die Idee. Ein Schriftsteller, der einer Polizistin hilft. *Castle*. Ein so attraktiver und charmanter Mann. Und witzig noch dazu. Sie hatte ihren Kuchen gerade aufgegessen, als das Telefon klingelte. Das konnte nur Irma sein, die sich erkundigen wollte, wie ihr selbstgemachter Stollen schmeckte. Zum Glück hatte Frieda ihn bereits probiert. Irma backte jedes Jahr Stollen und war dann ganz erpicht auf ein Lob.

»Arnold«, meldete sie sich mit belegter Stimme und räusperte sich, weil sie einen Krümel im Hals hatte.

»Oma? Ich bin's«, sagte eine ihr unbekannte weibliche Stimme. Frieda runzelte die Stirn. Ihre einzige Enkelin war neun und klang wesentlich kindlicher.

»Wer ist da?«

»Oma, ich bin es!«

Frieda kniff die Augen zusammen. Die Anruferin klang eindeutig erwachsen. Eine helle, freundliche Stimme. Aber Frieda las Zeitung und viel im Internet, wo vor allerlei Tricks gewarnt wurde.

»Jasmin? Bist du das?«, fragte sie schließlich.

Ihre Enkelin hieß Emily.

»Ja. Du, ich stecke in großen Schwierigkeiten und wollte fragen, ob du mir helfen kannst. Es ist wirklich wichtig …«

»Brauchst du Geld?«, fragte Frieda mit funkelnden Augen.

»Ja, du bekommst es auch wieder. Ehrlich. Kannst du mir zweihundert Euro leihen?«

»Aber natürlich«, sagte Frieda, die eine diebische Freude empfand, diese Betrügerin an der Nase herumzuführen.

»Ich kann nicht selbst kommen, aber eine Freundin würde das Geld abholen, ja? In einer halben Stunde?«

»Oh, so schnell?« Frieda überlegte. »Na gut, schick sie vorbei, mein Spatz.«

»Danke, Oma«, sagte die junge Frau und legte auf. Vielleicht hätte sie auf Ella hören und ihren Telefonbucheintrag löschen sollen. Sie stand mit vollem Namen und Adresse darin. Seit bestimmt dreißig Jahren, und noch nie hatte jemand sie um ihr

Geld betrügen wollen. Sie brachte den Kuchenteller in die Küche und griff wieder nach dem Telefon, um die Polizei anzurufen. Die mussten schnell herkommen und diese Betrügerin auf frischer Tat schnappen!

Doch mitten beim Wählen hielt sie inne. Ihr kam da eine Idee …

5

Mara parkte den Wagen vor einem Supermarkt, eine Straße von der Wohnung der alten Frau entfernt. Das war besser, falls sich jemand von den Nachbarn später an das Auto erinnerte. Mara schlug den Mantelkragen hoch und ignorierte das Vibrieren ihres Handys in der Innentasche. Lars versuchte schon seit einer Stunde sie zu erreichen. Sicherlich wollte er wissen, wann sie zurückkäme, er brauchte vermutlich das Auto. Immerhin hatte sie es nur drei Stunden ausleihen wollen, um angeblich von einer Freundin in Bremen etwas abzuholen. Aber in Wirklichkeit wollte sie sich etwas eigenes Geld beiseiteschaffen. Lars gab ihr nur einen Anteil von zwanzig Prozent, obwohl sie die meiste Arbeit hatte. Und das größte Risiko. »Die sorgfältige Vorbereitung erfordert viel Zeit und Geschick, Mara. Die Vorbereitung ist das A und O. Dein Part ist nur noch Nebensache, dank der ausgezeichneten Planung.«

So ein Schwachsinn, dachte sie wütend. Er nutzte ihre Lage lediglich aus. Aber immerhin ließ er sie im Hostel übernachten.

Als sie ausstieg, roch es nach Schnee. Im Wetterbericht hatten sie wirklich welchen angesagt. Wie sehr hatte sie als Kind immer auf weiße Weihnachten gehofft und war doch fast immer enttäuscht worden. Das schien ewig her zu sein. Sie erinnerte sich kaum mehr an das letzte Weihnachten mit ihrer Mutter. Lediglich die Streitereien waren ihr im Gedächtnis geblieben.

Sie kam an einem hübsch weihnachtlich geschmückten Einfamilienhaus vorbei und betrachtete einen Moment lang die leuchtenden roten

Sterne in den Fenstern. Als Kind hatte sie immer goldene Sterne auf die Fensterscheibe ihres Kinderzimmers geklebt und ihre Mutter hatte Kunstschnee und Weihnachtsengel auf der Fensterbank verteilt.

Fast konnte sie den Duft der selbstgemachten Zimtkekse ihrer Mutter riechen, als sie für einen Moment die Augen schloss. Damals hatte ihre Mutter noch viel gebacken. Zwei Tüten für sich und Mara und zwei weitere für den Weihnachtsschulbasar, der immer einen Tag vor den Weihnachtsferien stattgefunden hatte. Viele Mütter hatten dort selbst gebasteltes oder Kuchen verkauft, um Geld für die neue Turnhalle einzunehmen. Viele Besucher hatten großzügig gespendet. Den meisten Menschen war es ein echtes Anliegen gewesen, dass Grundschulkinder Sport machten, wo sie doch eh schon so viel vor dem Computer hockten.

Sie warf einen letzten Blick auf das Haus, das so viele Erinnerungen in ihr wachrief, senkte den Kopf und marschierte weiter.

Vor dem Mehrfamilienhaus der alten Dame, ihr Name war Frieda Bick, kam eine Mutter mit einem etwa fünfjährigen Kind aus der Tür heraus. Beide waren so in ein Gespräch über Weihnachtselfen vertieft, dass sie Mara kaum wahrnahmen. Sie liefen zu einem Fiat, stiegen ein und fuhren kurz darauf davon.

Das Haus hatte drei Etagen und laut Klingelschild wohnte die Frau in der zweiten. »Es tut mir sehr leid, aber ich weiß nicht, was ich sonst machen soll«, flüsterte Mara zu dem Fenster im zweiten Stock, in dem ein goldener Papierstern leuchtete.

Sie hatte sich um einen Job bemüht. Die

Kaufhäuser suchten seit Wochen Leute, die die gekauften Waren auf Wunsch der Kunden in Geschenkpapier einwickelten. Doch wenn sie die Adresse des Hostels angab, erntete sie ein Stirnrunzeln und kurz darauf wurde ihr mitgeteilt, dass der Job doch schon vergeben wäre.

Sie hatte sich auch in einem Blumenladen, einem Supermarkt und einem Lager beworben, doch ohne festen Wohnsitz, stellte sie keiner ein. Sie hätte die Adresse ihrer Mutter angeben können, immerhin stand die auch in ihrem Personalausweis. Aber das hieße, sämtliche arbeitsrelevante Post würde dorthin geschickt werden und ihre Mutter würde sie vielleicht nicht annehmen oder zurückschicken. Dann käme sie ganz schön in Erklärungsnot.

Sie hatte sich an die Alster gestellt und versucht, wildfremde Leute um Geld anzubetteln, doch sie war sogleich von zwei erzürnten Bulgarinnen vertrieben worden, die dort seit Jahren bettelten. Anscheinend gab es dort unter den Bettlern feste Gebiete, und Eindringlinge wurden sofort vertrieben, notfalls mit Gewalt. Sie hatte beobachtet, wie ein älterer Mann von zwei Frauen und einem Mann mit Fäusten traktiert worden war, als er sich mit einem Schild vor die U-Bahn-Station gestellt hatte und Geld für Essen erbetteln wollte.

Danach hatte sie es noch einmal am Rathaus versucht, doch auch hier war sie vertrieben worden, von einer Gruppe Punks.

Lars‘ Idee, alte Menschen um ihr Erspartes zu bringen, war das Einzige, das ihr geblieben war, auch wenn sie sich jeden Tag ein Stück mehr dafür hasste. Sie hatte sich wirklich fest vorgenommen, es den Leuten zurückzuzahlen, sobald sie einen richtigen Job hatte. Beim ersten Mal hatte sie fünfhundert Euro erbeutet und das zweite Mal dreihundert. Lars fand es unklug, Beträge um die tausend Euro zu fordern, weil die Gefahr größer war, aufzufliegen.

Ihr Herz pochte, als sie den Klingelknopf betrachtete. Nur noch dieses Mal, sagte sie sich. Denn dann hätte sie die nötigen dreihundert Euro zusammen, um bis Ende Januar in einem WG Zimmer in Harburg wohnen zu können. Das Zimmer gehörte einer Kommilitonin ihrer Freundin Hanna, die bis Ende Januar ihr Zimmer in einer Dreier- WG untervermietete, weil sie wegen eines Praktikums in München war. Das bedeutete, sie würde Weihnachten nicht auf der Straße oder im Hostel verbringen müssen und hätte bis Ende Januar ein Dach unter dem Kopf. Bis dahin hatte sie außerdem genug Zeit, eine Lösung für ihr Dilemma zu finden.

Sie hielt den Atem an, als sie auf die Klingel drückte. Der Summer ertönte keine drei Sekunden später. Mit zittrigen Händen drückte sie die Haustür auf und trat in einen hellen, freundlichen Flur. Ihre Beine fühlten sich bleischwer an, als sie die Treppen hochstieg.

An der Wohnungstür begrüßte sie eine grauhaarige Dame mit rotem Brillengestell und funkelnd blauen Augen. Sie hatte ein freundliches Gesicht und sah in der senfgelben Bluse und der marineblauen Hose äußert schick aus. Um ihren Hals baumelte eine Bernsteinkette.

»Sie müssen die Freundin meiner Enkelin sein«, begrüßte die Dame sie mit einem freundlichen Lächeln.

»Mara«, sagte Mara und biss sich auf die Zunge. Sie hatte sonst immer einen Decknamen benutzt. Anne oder Hanna. Sie schüttelten einander die Hände; der Händedruck der alten Frau war erstaunlich fest. »Kommen Sie herein, ich habe gerade Tee aufgesetzt und einen sehr leckeren Stollen von meiner Freundin angeschnitten.«

In diesem Moment knurrte Maras Magen so laut, dass Frau Bick sich schmunzelnd zu ihr umdrehte. Mara sparte ihr Geld und kaufte sich nur das Nötigste. Heute hatte sie nur ein trockenes Brötchen gegessen und einen Apfel, den ihr die Frau am Obststand geschenkt hatte, weil er zwei braune Stellen gehabt hatte.

Das Wohnzimmer war mollig warm. In einem elektrischen Kamin flackerten täuschend echt aussehende Flammen. Der Couchtisch war hübsch gedeckt. Eine rote Tischdecke mit aufgedruckten Rentieren. Porzellanteller und Tassen mit Rosenmuster. Niedliche goldene Teelöffel und Kuchengabeln. In der Mitte stand ein Teller mit einem herrlich aussehenden Christstollen. Daneben lag eine Packung Kekse. Auf einem Beistelltisch war außerdem ein hübscher Adventskranz mit getrockneten Orangen und goldenen Tannenzapfen.

Mara spürte augenblicklich einen Kloß im Hals.

Am liebsten wäre sie hinausgelaufen, doch sie brauchte diese zweihundert Euro.

»Ich hole eben den Tee, setzen Sie sich doch«, sagte Frau Bick freundlich, die sich wirklich über den Besuch zu freuen schien, ging es Mara durch den Kopf.

Sie setzte sich auf einen Ledersessel und sah sich um, während die alte Dame im Flur verschwand und kurz darauf mit einer Teekanne zurückkam.

Wieso sollte sie der Frau nicht etwas Gesellschaft

leisten, wenn sie sie schon um ihr Geld betrog? Kuchen und Tee konnten nicht schaden, außerdem wusste sie, dass die meisten alten Leute nur deshalb so gutgläubig waren, weil sie sich oft einsam fühlten.

»Woher kennen Sie meine Enkelin?«, fragte Frau Bick, während sie Tee einschenkte.

»Über gemeinsame Freunde«, antwortete Mara und nahm schnell einen Schluck Tee, der heiß und süß war. Irgendeine Weihnachtsmischung. Zimt und Orangenschalen schmeckte sie heraus. Der Duft breitete sich schnell im ganzen Zimmer aus. Frau Bick nahm ebenfalls einen Schluck und seufzte zufrieden. »Ich liebe diesen Duft. So weihnachtlich. Das erinnert mich immer an mein schönstes Weihnachtsfest.« Sie schnitt zwei Stücke Stollen ab und lud sie auf die Teller, von denen sie einen Mara reichte. »Was war bis jetzt Ihr schönstes Weihnachtsfest, erinnern Sie sich noch daran?«

Mara war von der Frage so überrascht, dass sie etwas länger nachdenken musste. »Ich glaube, da war ich vier. Meine Eltern waren noch verheiratet und wir saßen alle im Wohnzimmer vor der geschmückten Tanne, haben Kakao mit Sahne getrunken und Geschenke ausgepackt. Anschließend gab es Schokoladen-Fondue. Ich habe immerzu Kirschen in die heiße Schokolade getunkt und hatte am nächsten Tag Bauchweh« Sie lächelte bei dieser Erinnerung, die sie fast vergessen hatte.

»Es ist immer traurig, wenn sich Eltern trennen«, sagte Frau Bick nickend. »Meine Enkelkinder müssen da auch durch.«

»Wie viele Enkelkinder haben Sie?«, fragte Mara, bevor sie sich zurückhalten konnte. »Ich kenne … ich kenne Jasmin noch nicht so lange. Ich weiß nicht einmal, ob sie Geschwister hat.«

»Sie hat einen Bruder.« Frau Bicks Stimme verdüsterte sich.

»Oh ja, stimmt«, sagte Mara schnell und blickte in ihren Tee. Sie hätte einfach nur das Geld nehmen und verschwinden sollen. Wieso hatte sie sich zu Tee und Kuchen überreden lassen?

Mara aß ihren Stollen auf, der wirklich sehr gut war und sie schmerzlich an Weihnachten denken ließ. »Ich muss leider gleich weiter. Jasmin wartet.«

»Sie hat mir gar nicht verraten, wofür sie das Geld braucht«, sagte Frau Bick, die nun aufstand und in einer Jutetasche wühlte, die über einer Stuhllehne hing. »Zweihundert Euro braucht sie, ja?«

Maras Handflächen wurden feucht, ihre Knie zitterten. »Genau.«

Frau Klein holte ein großes, braunes Portemonnaie heraus und wühlte darin herum, dann hielt sie inne, betrachtete Mara mit einem seltsamen Ausdruck und nickte mit dem Kopf Richtung Beistelltisch. Mara entdeckte den Bilderrahmen, der falsch herumstand, erst auf den zweiten Blick.

»Drehen Sie mal das Bild um«, wies Frau Bick sie nun mit fester Stimme an.

Mara spürte ein Ziepen in ihrer Bauchgegend. Sie ahnte, dass sie aufgeflogen war, dennoch drehte sie den Bilderrahmen um. Es zeigte ein blondes Mädchen mit Zöpfen und einen etwas älteren Jungen mit Brille.

»Das sind Emily und Paul. Meine Enkel. Sie sind neun und vierzehn. Und wer sind Sie?«

Maras Kopf wurde heiß und ihr wurde speiübel. Sie sprang hoch und rannte zur Wohnungstür, dabei stieß sie mit der Schulter gegen eine Wandlampe, die bedrohlich wackelte. Ihr Hände waren so schwitzig, dass ihre Finger vom Türgriff abrutschten. Frau Bick hatte die Tür abgeschlossen!

Maras Blick fiel auf einen Wandhaken, doch daran baumelte nur ein Briefkastenschlüssel. Hektisch durchsuchte sie die Kommode, durchwühlte die Schubladen, doch dort befanden sich nur Handschuhe und Schals.

»Dort finden Sie den Schlüssel nicht. Sie kommen besser zurück ins Wohnzimmer, junge Frau. Ich denke, wir könnten uns gegenseitig einen Gefallen tun.«

6

Frieda war erschrocken, dass es sich um eine so junge Person handelte. Dieses Mädchen konnte kaum älter als zwanzig sein. Und wie dünn und blass sie war! Der dünne Anorak durfte kaum warm genug für sonnige Herbsttage sein, geschweige denn für den Winter! Die Hose war am Saum voller Matsch, und die Schuhe – Chucks, wie sie ihr Sohn so gerne trug – waren ebenfalls nicht gefüttert und somit nicht wintertauglich. Achtete die Mutter des Mädchens nicht darauf, wie ihre Tochter aus dem Haus ging?

Maras Augen huschten unruhig umher. »Hören Sie, ich denke, es liegt ein Missverständnis vor …«

»Papperlapapp!«, rief Frieda aus. »Ich bin doch nicht von gestern. Man liest das doch ständig im Internet, von diesen Enkeltrickbetrügern.«

Mara presste die Lippen fest aufeinander und sah betreten zu Boden. Sie wirkte wie ein Häufchen Elend. Frieda bekam fast Mitleid mit ihr.

»Setzen Sie sich. Essen Sie noch ein Stück Kuchen. Ihr knurrender Magen ist ja bis in die Nachbarwohnung zu hören.«

»Es tut mir wirklich leid. Ich bin eigentlich ein anständiger Mensch.« Zögerlich setzte sie sich.

»Sie sollten sich wirklich schämen! Alte Menschen kurz vor Weihnachten zu beklauen!« Frieda setzte sich auf den Sessel und schenkte sich Tee nach. »Wie viele alte Menschen haben Sie um ihr Erspartes gebracht? Na?«

»Ich … also …« Maras Stimme brach weg. Sie schluckte mehrmals, rang sichtlich nach Worten und schüttelte leicht den Kopf.

»Machen Sie das hauptberuflich? Oder bin ich die

Erste, bei der sie es versuchen? Sehr erfahren wirken Sie nicht, das muss ich sagen.«

»Sie sind die Dritte. Ich mache das nur … Also …«

Frieda führte ihre Tasse zu den Lippen, ohne die junge Frau aus den Augen zu lassen. Je mehr sie Mara anschaute, umso mehr kam sie zu dem Entschluss, dass sie nicht sehr viel Erfahrung mit dieser Betrugsmasche haben konnte. Ihre Unterlippe zitterte, Tränen schimmerten in ihren Augen.

»Jetzt nehmen Sie schon ein Stück Stollen! Ich höre doch, dass sie hungrig sind«, sagte sie unwirsch. »Sie wohnen doch bestimmt noch zu Hause, gibt Ihnen Ihre Mutter nicht genug zu essen?«

Mit zitternden Händen schnitt sich Mara ein Stück Stollen ab und tat es auf ihren Teller. »Ich wohne im Moment in einem Hostel. Meine Mutter hat mich rausgeworfen und alle Versuche, ehrliche Arbeit zu finden, scheiterten an meiner Obdachlosigkeit.«

Frieda bemerkte, wie sich eine Träne aus den Augenwinkeln der junge Frau stahl, während sie den Stollen auf ihrem Teller anstarrte, als ob er jeden Moment explodieren könnte.

»Wieso hat Ihre Mutter Sie rausgeworfen?« Frieda fragte sich, ob sie ihre Mutter beklaut hatte, denn ihr fielen nicht viele Gründe ein, um sein eigenes Kind aus dem Haus zu werfen.

»Ich habe meine Ausbildung abgebrochen. Mein Chef war furchtbar und damit meine ich nicht, das übliche *furchtbar*. Er hat ständig gedroht, mich zu schlagen und hat mich angeschrien und an den Schultern gepackt …«

»Das darf er doch nicht!« Frieda setzte ihre Tasse ab und war bestürzt, als die junge Frau zu schluchzen anfing. Sie nahm ein Paket Taschentücher vom Tisch und reichte ihr eins. »Danke«, schniefte Mara, als sie sich ein wenig beruhigt hatte.

»Es war ein kleiner Betrieb. Niemand hat sich auf meine Seite gestellt. Ich habe die Ausbildung auch nur gemacht, weil meine Mutter nicht wollte, dass ich studiere. Fast alle meine Freunde studieren …«

»Was wollten Sie denn gerne studieren?«

»Chemie.« Mara lächelte matt.

»Oh, wie spannend«, sagte Frieda. »Fand Ihre Mutter das unpassend für ein Mädchen?«

»Ja. Sie meinte, ich bekäme eh keinen Job, die meisten Betriebe würden lieber Männer einstellen und wenn ich bald Kinder bekommen würde, dann …« Sie seufzte und lachte halb. »Sie fand, eine Ausbildung wäre sicherer.«

»Traurig, dass sich dieses Denken immer noch nicht geändert hat. Ich musste damals in dem Betrieb meiner Eltern arbeiten. Dabei wäre ich viel lieber weiter zur Schule gegangen, hätte später gerne in einer Bank gearbeitet. Ich war mit Zahlen ganz gut.«

»Meine Mutter meint, ich solle mir einen gutverdienenden Mann suchen und heiraten, Kinder bekommen und dann Hausfrau sein. Sie findet die Idee albern, dass Frauen Karriere machen, wenn sie zu Hause bleiben könnten, weil sie einen Mann haben.«

Frieda machte eine unwirsche Handbewegung. »Ach, früher ging das mal. Heutzutage verdienen doch alle so wenig, dass oft beide Elternteile arbeiten müssen.« Sie blickte zu dem Stollen auf Maras Teller. »Nun essen Sie endlich!«

Mara aß zwei Stücke Stollen und trank drei Tassen Tee, dann rutschte sie unruhig auf der Couch herum und sah Frieda zum ersten Mal an, seit sie ertappt worden war. »Ich wollte das Geld zurückzahlen. Ehrlich. Ich brauche doch nur 300 Euro, damit ich einen Monat lang ein WG Zimmer mieten kann.«

»Es tut mir leid, dass Ihre Mutter so unerbittlich ist. Es ist nicht richtig, aber das ist keine Entschuldigung dafür, Menschen zu bestehlen.« Frieda drehte sich um und zeigte zu dem aufgeklappten Laptop auf der Kommode hinter sich. »Ich hab das alles aufgenommen und in eine Cloud hochgeladen. Da staunen Sie, dass ich weiß, was eine Cloud ist, oder? Jedenfalls wollte ich Sie bei der Polizei anzeigen.«

Mara wurde noch blasser und blickte wieder zu Boden. »Das habe ich verdient.«

»Nun lassen Sie mal den Kopf nicht so hängen. Sie haben sich meinen Vorschlag ja noch gar nicht angehört.«

Mara musste an Lars denken und verstand allmählich, was er mit seiner sorgfältigen Vorarbeit gemeint hatte. Sie hatte einfach nur eine Nummer aus dem Telefonbuch herausgesucht. Eine Frau mit altmodischem Namen, da war die Wahrscheinlichkeit groß, dass es sich um eine alleinstehende Frau handelte. Bei Ehepaaren hatte sich früher jedenfalls immer der Mann ins Telefonbuch eintragen lassen. Doch mehr Vorarbeit hatte sie nicht geleistet. Und zum ersten Mal kam ihr in den Sinn, dass Lars nicht übertrieben hatte, als er sagte, dass er sehr gewissenhaft bei seiner Planung gewesen wäre. Er hatte vermutlich vorher in Erfahrung gebracht, ob es überhaupt Enkelkinder gab, ob die Frauen wirklich alleine lebten oder gerade Besuch hatten … Wie dumm sie nur gewesen war. Frau Bick hätte doch Besuch haben können. Vielleicht sogar von ihren Kindern, dann wäre sie sofort aufgeflogen. Aber das war sie ja ohnehin.

»Welchen Vorschlag?«, fragte Mara und nahm einen vorsichtigen Schluck Tee.

»Wollen Sie Weihnachten in diesem Hostel verbringen?«

Mara blickte auf. »Ähm … ich hatte vorgehabt in eine WG zu ziehen, wenn ich das Geld …« Sie verstummte, wischte sich Tränen aus den Augenwinkeln und sah zur Seite. »Ich denke, jetzt bleibt mir nichts anderes übrig, als im Hostel zu bleiben.«

»Können Sie Auto fahren?«, fragte Frieda.

»Ja. Ich habe meinen Führerschein seit zwei Jahren.«

»Gut. Ich werde Sie nicht an die Polizei verraten, wenn Sie mich nach England fahren. In die Cotswolds. Genauer gesagt, in die Maple Street. Die schönste Straße zur Weihnachtszeit.« Ihre Augen leuchteten, als sie das sagte.

»Davon habe ich gehört. Ich habe Bilder bei Instagram gesehen, das ist wirklich schön dort. Aber wieso wollen Sie, dass ich Sie fahre? Ich meine, wieso fliegen Sie nicht oder nehmen den Zug?«

»Ich hasse es zu fliegen. Und der Zug dauert ewig und ist so unbequem. Außerdem hätte ich gerne Gesellschaft. Ich besitze zwar ein Auto, aber ich fahre es so gut wie nie und eine solch weite Strecke traue ich mir in meinem Alter nicht mehr zu.«

»Ich bin noch nie so weit gefahren«, sagte sie. »Aber ich bin eine gute Fahrerin.« Das war nicht gelogen. Sogar ihre Mutter hatte das gesagt und Mara oft das Auto ausgeliehen. Sie war gerne einfach nur so durch die Gegend gefahren, hatte sich in Lüneburg in ein Café gesetzt oder war mit Freundinnen nach

Bremen zum Einkaufen gefahren. Mara pustete sich eine Haarsträhne aus dem Gesicht. »Und wann wollen Sie los?«

Frieda schaute auf die große Wanduhr. »Heute Abend? Ich müsste noch packen und meine Nachbarin bitten, meine Blumen zu gießen und nach der Post zu sehen.«

»Wenn ich das mache, dann…. «

Frieda strahlte. »Dann komme ich für alle Kosten auf und zeige Sie nicht bei der Polizei an.«

»Und … wie lange wollen Sie dortbleiben?«, fragte Mara.

»Bis ungefähr Neujahr. Sie haben doch nichts vor, oder?«

Mara schüttelte den Kopf. »Nein, meine Mutter will mich nicht im Haus haben. Ich würde sowieso nicht mit ihr Weihnachten verbringen wollen.«

»Gut, dann gehen wir beide am besten auf den Dachboden und holen meinen Koffer.« Sie stand auf und glättete sich die Hose. Verdutzt folgte Mara ihr ins Treppenhaus. »Aber … was ist denn mit Ihrer Familie? Wollen Sie gar nicht Weihnachten mit denen feiern?«

»Meine Kinder wollen mich in eine Seniorenresidenz verfrachten, glauben Sie, da feiere ich mit denen Weihnachten?«, flüsterte Frieda, als sie die oberste Etage erreicht hatten.

»Aber wieso, Sie sind doch noch gut beisammen«, meinte Mara, während Frieda den Schlüssel hervorkramte und die Tür aufschloss. Sie betraten einen stickigen Raum, in dem eine nackte Glühbirne von der Decke baumelte. Es gab auf jeder Seite fünf Verschläge. In einigen befanden sich Kisten und Kartons, in anderen so gut wie gar nichts oder nur zwei Getränkekisten. Frieda schloss einen Verschlag auf, in dem drei Umzugskartons waren und zwei große dunkelgraue Koffer. Mara wartete offensichtlich auf eine Antwort, doch Frieda beschloss, dass jetzt nicht der richtige Zeitpunkt war, über dieses unliebsame Thema zu sprechen. Sie wollte keinesfalls, dass es ein Nachbar mitbekam und es Getratsche im Haus gab. »Haben Sie Kleidung im Hostel?«

»Ich habe ein paar Pullis, etwas Unterwäsche und Socken dort. Mehr habe ich nicht.«, meinte Mara und half dabei, den kleineren Koffer hervorzuziehen.

Frieda nahm einen Lappen und befreite ihn von der dicken Staubschicht.

Als sie wieder in der Wohnung waren, führte Frieda ihre Besucherin ins Schlafzimmer. Sie stellte den Koffer aufs Bett, öffnete ihren Kleiderschrank und holte einen Schwung Shirts und Pullover heraus. »Die sind von meiner Tochter. Ella hat sie aussortiert, damit ich sie meiner Nachbarin gebe für ihren Flohmarktstand, aber ich habe es vergessen und die Flohmarktsaison ist vorbei. Die müssten Ihnen eigentlich passen. Im Flur hängt auch noch eine schöne warme Winterjacke.«

Mara besah sich die Kleidungsstücke. Sie sahen aus wie neu und waren äußerst hochwertig. »Wow, das gibt ihre Tochter einfach so weg? Die sehen teuer aus.« Sie entdeckte ein Shirt eines angesagten Designers aus Italien. Das musste bestimmt hundert Euro gekostet haben.

»Sie kann mit Geld nicht umgehen, kauft ständig in diesen Outlet-Stores, wo so ein Shirt immer noch achtzig Euro kostet. Das ist doch sehr viel Geld für so wenig Stoff, oder?«

Mara nickte und probierte einen grünen Kapuzenpullover an, der mit einem Eisbären bedruckt war. »Kuschelig warm«, schwärmte sie und betrachtete sich im großen Spiegel. Das kastanienbraune Haar reichte ihr bis über die Schultern. Die Spitzen waren voller Spliss und wirkten stumpf. Sie erschrak über das, was sie im Spiegel sah.

Frieda lächelte. »Er betont Ihre grünen Augen.«

»Ich sollte dringend zum Friseur«, murmelte Mara und wurde sich gleichzeitig bewusst, dass ein neuer Haarschnitt auf einmal ein Luxus war, den sie sich nicht so eben leisten konnte. Dann begann Frieda, den Koffer einzuräumen. »Etwas fehlt noch«, sagte sie und ging ins Wohnzimmer zum Bücherregal. »Ich muss immer was zum Lesen dabeihaben.«

Mara betrachtete die Buchrücken, zog einige heraus und las sich den Klappentext durch. »Darf ich mir das ausleihen? Also, für die Reise?« Sie hielt einen Krimi hoch. Die leuchtend roten Buchstaben des Titels erregten sofort ihre Aufmerksamkeit. Auf dem Cover waren die Überreste eines zerstörten Piers im Wasser abgebildet, vor einem bedrohlich aussehenden grauschwarzen Himmel. Sie kannte diesen Anblick. Mit fünfzehn hatte sie ein paar Wochen im Rahmen eines Sprachurlaubs in Brighton verbracht, wo der zerstörte Pier zum Strandbild gehörte.

»Natürlich«, antwortete Frieda und nahm den Roman in die Hand. »Eine gute Wahl. Arwyn Yale schreibt ausgezeichnete Krimis.«

Nach einer Stunde hatten sie einen Koffer, eine Reisetasche und einen Rucksack gepackt und waren abreisefertig. Frieda wickelte sich einen roten Schal um den Hals und öffnete feierlich die Haustür.

7

Mara konnte nicht fassen, dass sie tatsächlich Weihnachten in England verbringen würde. Das war doch verrückt! Vor ein paar Stunden hatte sie geglaubt, eine alte Dame um ihr Erspartes zu betrügen und Heiligabend alleine in einer leeren WG mit Tiefkühlpizza vor dem Fernseher zu verbringen.

Stattdessen erwartete sie nun ein Weihnachten in der Maple Street, der weihnachtlichsten Straße der Welt!

Sie hatte Lars den Wagen zurückgebracht und auf keine seiner zahlreichen Fragen geantwortet. Stattdessen nahm sie ihre Sachen aus dem Spind in ihrem Zimmer und verschwand wieder.

»Der Wagen ist fast sechzehn Jahre alt, aber ich bin so selten mit ihm gefahren, dass er in tadellosem Zustand ist«, sagte Frieda, als sie auf den Beifahrersitz umstieg. Sie war Mara hinterhergefahren und schien nun erleichtert, das Lenkrad jemand anderem überlassen zu können. Mara legte ihren Rucksack auf die Rückbank und warf einen letzten Blick auf das Hostel, bevor sie losfuhr.

Was Lars wohl denken mochte? Aber das konnte ihr eigentlich egal sein. Sie war immer noch der Meinung, dass er sie und ihre Lage ausgenutzt hatte.

Das Auto wirkte tatsächlich neuwertig. Der Innenraum war etwas staubig, doch sauber und aufgeräumt. Im Handschuhfach fand sich lediglich das Handbuch für den Wagen und eine Straßenkarte für Deutschland.

»Die brauchen wir nicht«, sagte Mara, die an der Tankstelle ihr Handyguthaben aufgeladen hatte. »Wir benutzen eine App fürs Handy, die zeigt uns an, wo

Stau ist und wie wir ihn am besten umfahren können.«

»Das ist praktisch«, sagte Frieda und schloss das Handschuhfach wieder. Sie zog etwas aus ihrer Jackentasche. »Tadaa«, sagte sie stolz und wickelte die Folie von einem Duftbaum ab. »Den habe ich eben in der Tankstelle gekauft, während du auf der Toilette warst. Wir können doch nun *du* zueinander sagen, oder? Ich bin Frieda.« Sie verstaute die Plastikfolie in ihrer Handtasche und schnupperte an dem Ding. »Weihnachtszauber nennt sich der Duft«, sagte sie und hängte den Duftbaum an den Innenspiegel.

»Der riecht richtig gut«, meinte Mara. »Nach Zimt und Vanille und …irgendein Obst?«

»Bratapfel«, sagte Frieda lächelnd. »Ich glaube, das riecht nach Bratapfel.«

»Ja, stimmt«, sagte Mara und ging vom Gas, als sich der Verkehr vor ihr ein wenig staute. Sie sah auf die App. »Ist nur wegen der Baustelle, gleich flutscht es wieder.« Und tatsächlich, bis nach Hannover kamen sie problemlos durch.

8

»Toll, dass Sie einen jungen, kräftigen Mann haben, der Ihnen zur Hand geht«, rief die Frau vom Nachbarstand. »Und so ein hübscher Kerl noch dazu!« Finns Großmutter nickte ihr freundlich zu und war sichtlich irritiert über die Aufmerksamkeit, die ihr Enkel an diesem Morgen bekam. Finn half jedes Jahr beim Aufbau der Weihnachtsbude, doch dieses Jahr wurden seine Großeltern ständig auf ihn angesprochen. *Was für ein hübscher Bengel er doch wäre. Wie gut, dass sie so tatkräftige Unterstützung hätten.*

Finn wusste, dass seine Großeltern stolz auf ihn waren, doch er ahnte auch, wie unangenehm ihnen die ganze Aufmerksamkeit sein musste. Denn ihm ging es nicht anders. Dieses Jahr waren viele neue Gesichter in der Maple Street. Vielleicht lag es daran, dachte er. Die Frau vom Stand nebenan, die Stricksachen verkaufte, hatte er noch nie gesehen. In den Jahren zuvor war dort der Keksstand der McGrays gewesen, der sich nun - aus einem ihm nicht bekannten Grund - gegenüber befand. Essie McGray war eine schlanke,

hochgewachsene Frau mit dicken braunen Haaren und einem ernsten Gesichtsausdruck. Sie verkaufte keine Zimtkekse, was Finns Großvater den ganzen Morgen über beklagt hatte. »Vegane Schokoladenkekse und glutenfreie Orangenplätzchen hat sie«, zischte er kopfschüttelnd. »Sie hat mich einen probieren lassen, aber die schmecken einfach nach nichts.«

»Also die veganen Schokokekse fand ich ganz lecker«, meinte seine Granny, woraufhin sie ein

Schnauben von ihrem Mann erntete.

»Wenn du nicht gewusst hättest, dass sie vegan wären, wäre dir das doch gar nicht aufgefallen!«

Noch ein Schnauben. Sein Großvater drehte sich um und befestigte die Preistafel an der Bude. Finn unterdrückte ein Grinsen. Seine Großeltern kabbelten sich schon den halben Morgen. Sie stritten nie ernsthaft, aber irgendwie gehörten die kleinen Kabbeleien am ersten Tag des Weihnachtsmarktes dazu. Die Luft roch nach Schnee, doch das Thermometer zeigte fast fünf Grad an. Es war bewölkt und windig, doch zum Glück regnete es nicht. Um achtzehn Uhr wurde der Weihnachtsmarkt offiziell eröffnet. Die Lichterkette der großen Weihnachtstanne am Eingang wurde um Punkt achtzehn Uhr angeschaltet, dazu sang wie jedes Jahr der Kinderchor ein Weihnachtslied. Außerdem gab eine Eröffnungsshow auf der Schlittschuhbahn, eine Art Ballett auf Kufen, auf das seine Granny sich schon den ganzen Tag freute.

Finn lud gerade die vorletzte Apfelkiste aus dem Auto, als er seinen Namen hörte. »Hi Finn!«

Er stellte die Äpfel zu den anderen Kisten und drehte sich um. »Abby, hi!«

Abby trug eine weiße Bommelmütze, unter der die roten Locken hervorblitzten. Ihre Nasenspitze war gerötet.

»Arbeitest du hier irgendwo?«, fragte er mit Blick auf die zwei schweren Taschen, die sie trug. Sie grinste halbherzig. »Meinem Onkel gehört der Kakaostand in der Mühle und mein Cousin betreibt das Karussell. Ich bin ihr Mädchen für alles.«

»Cool«, sagte Finn und hätte sich am liebsten im selben Moment auf die Zunge gebissen. Ganz offensichtlich fand sie das nicht cool. Doch sie lächelte und zuckte mit den Schultern. »Familie eben«, meinte sie mit Blick zum Bratapfelstand. »Stimmt es, dass du den Stand ab nächstes Jahr übernimmst?«

»Meine Großeltern wollen nicht mehr. Aber ich bin mir noch nicht sicher, ob ich ihn übernehme. Ist doch ziemlich viel Arbeit und bald beende ich mein Studium und wer weiß, wohin es mich dann verschlägt.«

»Oh, du willst wegziehen?«

»Ich studiere Kunstgeschichte. Die Jobs sind rar gesät, glaube kaum, dass ich eine Stelle in der Nähe finde. Vielleicht gehe ich nach Glasgow«, meinte er.

»Na dann«, sagte sie halbherzig lächelnd und ging weiter.

»Du hättest sie einladen sollen«, hörte er seinen Großvater sagen, der von der Rückseite der Bude kam, wo er eine weitere Lichterkette befestigt hatte. »Ihr könntet euch die Show heute Abend angucken.«

»Ich bleibe hier am Stand, dann kannst du mit Granny hingehen. Sie freut sich doch schon so darauf«, meinte Finn. Sein Großvater brummte etwas Unverständliches.

Den restlichen Nachmittag verbrachten sie damit, den Bratapfelstand einzuräumen. Die drei kleinen Backöfen mussten angeschlossen werden, ebenso der Herd, auf dem die Soße köchelte. Außerdem mussten sie die ganzen Zutaten so unterbringen, dass sie nicht bei der Zubereitung der Bratäpfel störten. Die Bude war ziemlich klein, wie eine winzige Gartenhütte mit einem Verkaufsfenster.

Er war erschöpft aber zufrieden, als sie um kurz nach sechzehn Uhr fertig waren. Seine Großmutter schenkte ihnen alle Tee aus einer Thermoskanne ein, den sie aus roten Bechern an einem der drei Stehtische tranken. Die Wärme tat Finn gut. Mittlerweile war es deutlich kühler geworden und seine Finger schmerzten vor Kälte. »Irgendwie ist es dieses Jahr anders«, murmelte seine Granny. »Ich habe das Gefühl, die Hälfte der Leute kenne ich gar nicht. Ich meine, wer ist denn der Mann bei *Kevin's Candles*?« Sie zeigte auf den Kerzenstand schräg gegenüber. Statt Kevin Caldwell, ein fröhlich aussehender Typ mit knallroten Haaren und Piercings im Gesicht, stand dort ein älterer Herr in einem furchtbar kitschigen Weihnachtspulli. Die Augen der aufgedruckten Elche blinkten rot.

»Ich glaube, das ist Kevins Dad«, meinte Finn, der eine gewisse Ähnlichkeit bemerkte. »Ja, gut möglich«, stimmte seine Granny ihm zu und ließ ihren Blick zu dem Stand daneben gleiten. *Cleo's Cookies*. »Der Stand ist neu, oder?«

»Die ist aus London«, meinte Finns Großvater, der bereits einmal durch die Maple Street geschlendert war, um sich umzusehen. »Die hat auch keine Zimtkekse.«

»Ich backe dir morgen Zimtkekse.«

Finn schmunzelte, als sein Großvater seufzte und meinte: »Ich kaufe hier jedes Jahr Zimtkekse. Das gehört für mich einfach dazu.«

»Gibt es in der Mühle nicht auch einen Keksstand?«, fragte Finn und trank den letzten Schluck Tee aus.

»Stimmt, in der Mühle war ich noch nicht«, meinte sein Großvater. »Wenn du nachher dieses Mädchen besuchst, schau doch mal, ob es dort Zimtkekse gibt.«

Seine Großmutter zog die Stirn in Falten. »Welches Mädchen?«

Um kurz vor achtzehn Uhr begleitete Finn seine Großeltern zur Eislaufbahn. Sein Großvater hatte gemeint, sie konnten den Stand ruhig für eine halbe Stunde schließen, weil die meisten Leute sich sowieso die Show ansehen würden. Die Eislaufbahn befand sich wie jedes Jahr hinter dem winterlichen Wald, der aus mehreren meterhohen Tannen bestand, die mit funkelnden roten und goldenen Kugeln geschmückt waren. Inmitten des Wäldchens, auf einer kleinen Lichtung, befand sich ein Glühweinstand mit mehreren Stehtischen, um die sich bereits zahlreiche Leute drängten. Ab und zu rieselten künstliche Schneeflocken auf sie herab. Aus Lautsprechern drang die Musik eines Weihnachtsorchesters. Der Duft von weihnachtlichen Gewürzen strömte in ihre Nasen.

»Es ist so zauberhaft«, sagte seine Granny und berührte eine goldene Weihnachtskugel, in der sich ihre strahlenden Augen widerspiegelten.

»Wow, was für ein Menschenauflauf«, stieß Finn aus, sobald sie den Wald verlassen hatten. Bestimmt hundertfünfzig Menschen standen um die Eisbahn herum, darunter zahlreiche Kinder. »Ich habe vermutet, dass es voll wird, aber damit habe ich nicht gerechnet«, sagte sein Großvater. Sie stellten sich in die Nähe des Schlittschuhverleihs, von wo aus sie einen guten Blick auf die Eisbahn hatten. Sein Großvater holte drei Becher Glühwein.

Finn hielt Ausschau nach Abby, aber es war unmöglich, sie unter den ganzen Menschen zu entdecken. Außerdem wusste er nicht einmal, ob sie sich die Show angucken würde. Er hatte sie danach fragen wollen, als er auf der Suche nach Zimtkeksen war, doch er hatte sie weder beim Karussell noch beim Kakaostand entdeckt. Dafür hatte er seinem Großvater eine Tüte Zimtkekse mitgebracht, über die der alte Mann sich sichtlich gefreut hatte.

Ein Raunen ging durch die Menge, als sechs Eisläuferinnen in roten Kleidern und goldenen Schlittschuhen über die Bahn liefen, begleitet von einem Trommelwirbel. »Oh, die Kostüme sind aber sehr hübsch«, sagte eine Frau neben Finn. Ihre beiden Töchter klatschten.

»Wunderhübsch«, hauchte Finns Großmutter, die sich ihre Hände am Glühweinbecher wärmte.

Die Eisläuferinnen formierten sich in der Mitte zu einem Kreis und fassten sich an den Händen. Der Trommelwirbel wurde nun von immer lauter werdender Klaviermusik abgelöst. Erst nach wenigen Sekunden erkannte Finn, dass es sich um »Let it snow« handelte.

»Oh, wie schön!«, stieß seine Granny aus, als die Show begann und die Eisläuferinnen sich geschmeidig über das Eis bewegten und dabei Pirouetten und Saltos vollführten. Die Scheinwerfer, die die Eisfläche beleuchteten wechselten ihre Farbe von Rot zu Grün. Eine Schneekanone ließ dicke Schneeflocken rieseln. »Das ist wirklich mal eine tolle Show«, sagte Finn, der sich eigentlich weder für Eislaufen noch für Ballett begeistern konnte. Sogar sein Großvater wirkte beeindruckt und der konnte mit Eiskunstlauf noch viel weniger anfangen als Finn.

Nach der Show gaben sie ihre Becher zurück und folgten dem Pulk von Menschen durch den Weihnachtswald. »Das war eine tolle Show!«, sagte seine Granny, deren Wangen vom Glühwein ganz gerötet waren. Sein Großvater brummte zustimmend.

Die Stimmung um sie herum war ausgelassen. Die Menschen strahlten regelrecht und schwärmten lautstark über die Vorführung. »Na, wie hat es dir gefallen?«, hörte er Abbys Stimme hinter sich. »Ich bin richtig in Weihnachtsstimmung gekommen«, meinte sie lächelnd. »Dabei mag ich Weihnachten eigentlich nicht.« Sie hatten den Wald verlassen und standen nun vor dem Bratapfelstand. Seine Großeltern schlossen die Holztür auf und schalteten die Backöfen ein. Abby strich sich eine rote Locke aus dem Gesicht. Sie wurde von zwei Frauen angerempelt, die vermutlich zu viel Glühwein getrunken hatten. »Sorry«, lallte die eine, während ihre Freundin in schallendes Gelächter ausbrach. »Lass uns einen Bratapfel kaufen«, rief sie und lachte wieder hysterisch. Doch statt sich einen Bratapfel zu kaufen, liefen sie Richtung Mühle.

»Waren die Kostüme nicht genial? Wie die im Scheinwerferlicht gefunkelt haben.«

Finn nickte.

»Es war aber eindeutig zu voll.«

»War eine tolle Show«, meinte Finn. »Wusste gar nicht, dass man solche Bewegungen auf Schlittschuhen hinbekommt.«

»Ja, es war wirklich fantastisch. Tja, ich muss dann mal wieder zu meinem Onkel und Kakao verkaufen«, sagte sie gedehnt. Finn wollte irgendwas Witziges und Gescheites sagen, doch sein Gehirn war wie leergefegt und so starrte er sie nur an und nickte. Der Umgang mit Frauen war ihm noch nie leicht gefallen. Nie wusste er, was er sagen sollte, aus Angst, sich lächerlich zu machen. Sein Großvater sagte immer, er solle einfach er selbst sein, doch meistens wusste er nicht, wer er überhaupt war. War er wirklich schüchtern und introvertiert oder vielleicht einfach nur unfähig?

»Finn, die Leute warten!« Die Stimme seines Großvaters riss ihn aus seinen Gedanken. Als er sich umdrehte, stellte er fest, dass fünf Leute am Bratapfelstand bedient werden wollten. Während sein Großvater die vorgebackenen Äpfel in den Backofen schob und seine Granny sich um die Soße kümmerte, nahm Finn die Bestellungen auf.

»Ein Bratapfel mit klassischer Füllung, bitte«, sagte eine junge Mutter, an deren Hand ein kleines Mädchen quengelte, weil es Karussell fahren wollte.

»Drei Bratäpfel mit Marzipanfüllung und Orangenstücken ohne Soße!«, rief ein Mann über den Kopf einer alten Frau hinweg, die sich darüber empörte, übergangen worden zu sein. Finn gab alle Bestellungen gewissenhaft an seinen Großvater weiter und war erleichtert, als sich die Schlange nach und nach auflöste. Als der erste große Ansturm vorbei war, konnte er ein wenig aufatmen, doch ihm ging immer noch das Gespräch mit Abby durch den Kopf. Es war ja nicht einmal ein richtiges Gespräch gewesen, denn er hatte schließlich kaum was gesagt, sondern nur blöd gegrinst und genickt. »Hören Sie mir zu?«, blaffte eine Frau mit grüner Wollmütze ihn an.

»Wie bitte?« Erschrocken stellte er fest, dass sich wieder eine lange Schlange gebildet hatte.

»Einen Bratapfel ohne Soße, aber bisschen schnell, ja?«

»Welche Füllung?«, hakte er nach, ohne sich von dem unfreundlichen Ton aus der Fassung bringen zu lassen. Es gab immer solche unverschämten Leute, besonders zur späten Stunde, wenn der Alkoholpegel stieg.

Während er die Bestellungen aufnahm, dachte er kurz, ein ihm vertrautes Gesicht in der Schlange zu entdecken. Seine Hände zitterten, als er den dunkelbraunen Haarschopf bemerkte. Konnte sie es wirklich sein?

»Was ist nun mit meinem Apfel?«, schrie die unverschämte Frau nun. Finns Großvater tauchte an seiner Seite auf und schob der Frau einen Pappteller mit dem Apfel über die Theke. Ohne ein Wort des Dankes zischte sie ab. Finn suchte gerade das Wechselgeld heraus, ein Kunde hatte mit einer Zwanzig-Pfund-Note bezahlt, als die ihm vertraute Frau sich umdrehte und ihm zuwinkte. Seine Miene versteinter sich. Er ließ das Wechselgeld fallen und war für einen Moment unfähig, sich zu bewegen.

»Was ist denn los?« Seine Großmutter trat näher, bückte sich und hob die Münzen auf.

»Da ist …« Finn starrte auf die Frau, die sich nun aus der Schlange löste und Richtung Mühle lief. Hatte er sich geirrt?

»Was ist da?«, fragte seine Großmutter und gab dem bereits ungeduldig wartenden Familienvater das Wechselgeld.

»Nichts«, sagte Finn schnell und kassierte die nächste Kundin ab. Er musste sich geirrt haben. Doch andererseits hatte die Frau ihm ganz eindeutig zugewunken.

Als immer weniger Kunden kamen, nahm er seine Schürze ab. Es war fast Mitternacht und die Leute tranken nun lieber Glühwein und Eierpunsch, anstatt Bratäpfel zu essen. »Ich bin in ein paar Minuten zurück«, sagte er und trat aus der kleinen Hütte, bevor seine Großeltern ihm Fragen stellen konnte. Er wollte sie nicht unnötig beunruhigen. Vielleicht spielte ihm seine Fantasie auch einfach einen Streich. Immerhin schlief er viel zu wenig, weil er seine Gedanken nachts einfach nicht abstellen konnte.

Er musste Abby fragen, ob seine Mutter bereits im Pub eingecheckt hatte. Doch auf halbem Weg dahin, fiel ihm ein, dass er ihren Nachnamen gar nicht kannte. Sie hatte erst vor einem halben Jahr geheiratet. In Aberdeen, in Schottland. Sie hatte ihm eine Einladung per Post gesendet, doch er hatte sie einfach zerrissen und in den Müll geworfen.

Der Nachname begann mit G, dessen war er sich ziemlich sicher, aber ob es nun Garrett oder Garrisson war, konnte er nicht sagen. War es vielleicht Garnett? Er setzte sich auf eine Holzbank und starrte in den dunklen Nachthimmel, während sein Atem kleine Wolken ausstieß. Obwohl er sich immer einredete, dass seine Mutter ihm egal war, fragte er sich nicht zum ersten Mal, was für einen Mann sie wohl geheiratet hatte.

Finns Vater war abenteuerlustig, spontan und humorvoll gewesen. An den Wochenenden hatten sie oft Kajaktouren gemacht oder Wanderungen unternommen. Sein Dad hatte die Natur geliebt, Finn das Angeln und Bogenschießen beigebracht. Irgendwie konnte er sich nicht vorstellen, dass ein anderer Mann nun seinen Platz einnehmen sollte. William. So hieß er. William Garrett. Er zog sein Smartphone aus der Tasche und gab zum ersten Mal den Namen in eine Suchmaschine ein. Natürlich wurden ihm zahlreiche Treffer angezeigt, es war ein recht häufiger Name. Er fügte noch Madrid hinzu, denn dort hatte seine Mutter zuletzt gewohnt.

»William Garrett, Anwalt für Wirtschaftsrecht und

EU - Recht«, las Finn leise vor und betrachtete das Bild des Mannes. Schwarze Haare, Vollbart und ein überhebliches Lächeln auf den Lippen. Er arbeitete laut seinem Internet - Profil abwechselnd in Madrid und Aberdeen. Der machte bestimmte keine Kajaktouren oder ging Wandern, dachte Finn halb empört und halb erleichtert, bevor er das Handy wieder in seine Jackentasche gleiten ließ. Er beschloss, Abby einen Besuch abzustatten und einen Kakao zu kaufen. Vielleicht konnte er das Gespräch auf die Zimmerbuchung seiner Mutter lenken, ohne allzu viel zu verraten.

Er sah Abby auf Anhieb, ihre roten Locken leuchteten in der festlich beleuchteten Halle. Sie unterhielt sie sich vor dem Karussell mit einem etwa dreißigjährigen Typen in einer Lederjacke und Designerjeans. Die beiden wirkten sehr vertraut. Sie lachte mehrmals und der Typ berührte sie immer wieder wie zufällig am Arm. Finn wandte sich ab. Der wusste bestimmt immer, was er Frauen sagen sollte, um nicht wie ein Idiot zu wirken.

Auf dem Weg zum Ausgang kaufte er eine Tüte gebrannte Mandeln und kandierte Früchte für seine Granny und ging zurück zum Bratapfelstand.

»Warst du bei dem Mädchen?«, fragte sein Großvater, als er ihm ein paar Mandeln anbot.

Seine Großmutter schaltete die Herdplatte auf kleinste Stufe und legte einen Deckel auf den Soßentopf. »Diese Kleine aus dem Pub?«

»Ja, aber es war zu viel los «, meinte Finn schnell. Dass er vorher geglaubt hatte, seine Mutter am Stand gesehen zu haben, erwähnte er lieber nicht.

»Ein hübsches Ding«, meinte sein Großvater, der nun die letzten Äpfel aus dem Ofen nahm und begann, aufzuräumen. »Wir machen Feierabend. Ist spät genug.«

»Du hast Granny doch hier in der Maple Street kennenlernt, nicht?«, fragte Finn, während er die Theke saubermachte. Überall klebte Soße und der Fußboden war voller Apfelschale.

»Ja, sie kam hier an den Stand und fragte nach einem Job. Sagte, sie könne die weltbeste Vanillesoße zubereiten.«

»Ich habe nicht gelogen«, sagte seine Granny schmunzelnd. »Er hat mich auf den Fleck weg eingestellt, nachdem er den halben Topf aufgegessen hat. Und drei Monate später hat mir einen Antrag gemacht.«

Sein Großvater brummte etwas und stellte die Töpfe ins Spülwasser, damit sie einweichten. Finn fragte sich, wie man sich nach so kurzer Zeit sicher sein könnte, die Frau fürs Leben gefunden zu haben. Aber vielleicht war es damals einfach anders gewesen. Ihm brannten die Augen vor Müdigkeit, als er den Bratapfelstand abschloss, doch er war sich sicher, dass er wieder kein Auge zubekommen würde. Zu viel ging ihm durch den Kopf.

Sein Großvater klopfte ihm auf die Schulter und nahm dann die Hand seiner Frau. Schweigend schlenderten sie zur Rose Street, wo sie das Auto geparkt hatten.

9

Um kurz vor Mitternacht erreichten sie Calais. Frieda beschloss, dass sie sich dort ein Hotelzimmer nahmen und erst am nächsten Morgen weiterfahren würden, wenn beide ausgeruht waren.

Mara war das nur recht. Sie gähnte mehrmals hintereinander und von den zwei Energydrinks und den vielen Colas war ihr mittlerweile übel.

Während Frieda die Zimmer buchte, rannte Mara zum Schnellimbiss auf die gegenüberliegende Straßenseite und bestellte zwei Burger, Pommes und einen Vanille- Shake. Mit der dampfenden Papiertüte lief sie zurück ins Foyer, wo Frieda bereits mit dem Zimmerschlüssel wartete. »Zwei Einzelbetten, ein Zimmer. Ich hoffe, das ist okay für dich. Ist ja nur für eine Nacht.«

»Klar«, sagte Mara, als sie in den Fahrstuhl stiegen und in den dritten Stock fuhren. Das Zimmer war recht groß und hatte eine hübsche Sitzecke am Fenster, an die sie sich setzten, um zu essen. »Herrlich, ich liebe Vanille Shakes«, sagte Frieda und sog genüsslich an dem Strohhalm.

Mara biss in ihren Burger und war froh, die Beine ausstrecken zu können. Sie hatten den Fernseher eingeschaltet. Es gab Satelliten-Empfang und so konnten sie eine britische Krimiserie sehen, die beide noch nicht kannten.

»Meinst du, deine Kinder machen sich Sorgen, wenn sie nichts von dir hören?«, fragte Mara, nachdem sie aufgegessen hatten.

Frieda lächelte verschmitzt und zog ein Tablet aus ihrer Handtasche. »Ich habe ihnen eine E-Mail geschrieben.« Sie hob eine Braue. »Oh, ich habe eine Antwort«, fügte sie leise hinzu und begann zu lesen, wobei sich kleine Furchen auf ihrer Stirn bildeten.

»*Wieso fährst du Hals über Kopf nach England?! Die Kinder sind sehr enttäuscht, dass du Weihnachten nicht hier sein wirst.*

Wir feiern doch immer zusammen! Ruf mich bitte auf dem Telefon an. Ella.«

Sie schnaubte und legte das Tablet beiseite.

»Ich mag alt sein, aber ich kann immer noch selbst entscheiden, wo ich wann hinfahre.«

»Sie sind vielleicht besorgt und können es nicht so gut ausdrücken«, versuchte es Mara.

»Das mag sein, aber ich bin immer noch wütend über die Idee mit dem Pflegeheim.«

Sie verschwand im angrenzenden Badezimmer und trat kurz darauf in einem blauen Nachthemd heraus. »Du solltest deiner Mutter vielleicht auch eine Mail schreiben. Ich kann mir nicht vorstellen, dass es ihr egal ist, wo du Weihnachten verbringst.«

»Sie hat ja meine Handynummer und hätte sich melden können«, meinte Mara und warf einen Blick auf ihr Smartphone, das am Ladegerät hing. »Sie nimmt wohl an, ich wohne bei einer Freundin.«

»Und wenn sie wüsste, dass du in einem Hostel wohnst?«, fragte Frieda und legte sich ins Bett.

»Ich weiß es nicht. Sie sagt, wenn ich unter ihrem Dach wohne, muss ich mich an ihre Regeln halten. Vermutlich würde sie wollen, dass ich meine Ausbildung fortführe und die Kündigung zurücknehme, was vermutlich eh nicht möglich ist.« Mara zog sich ein langes Shirt an und knipste das Licht aus. Sie fragte sich, was ihre Mutter wohl sagen würde, wenn sie wüsste, wo sie gerade war. In Calais, auf den Weg nach England in die weihnachtlichste Straße der Welt. Sie würde sie für übergeschnappt halten und Frieda gleich dazu.

Fast war sie versucht, ihrer Mutter eine SMS zu schreiben und ihr von ihrem Vorhaben zu erzählen. Einfach nur, um die Reaktion ihrer Mutter zu genießen, die bestimmt außer sich sein würde. Oder würde sie vielleicht gar nicht antworten, weil ihr Mara inzwischen egal geworden war?

»Sie bereut es bestimmt mittlerweile, dich rausgeworfen zu haben«, sagte Frieda und schaltete nun ebenfalls das Licht aus.

Am nächsten Morgen wachte Mara durch die Sonnenstrahlen auf, die sich durch die Jalousien zwängten und in ihrem Gesicht kitzelten. »Guten Morgen, in zehn Minuten gehen wir zum Frühstück«, sagte Frieda vom anderen Ende des Raumes. Mara richtete sich langsam auf und sah, dass Frieda sich vor dem großen Spiegel die Haare kämmte. Sie war sorgfältig geschminkt und trug eine blaue Bluse mit einem schicken Halstuch.

Mara sprang unter die Dusche, zog ein langärmliges Shirt von Ella an und quetschte sich in zu enge Jeans, die am Bund drückten, doch sie hatte keine Zeit, sich umzuziehen, denn Frieda wartete bereits ungeduldig vor der Tür. Mit noch feuchten Haaren, die sie zu einem Zopf gebunden hatte, schlenderte sie mit Frieda ins Erdgeschoss, wo das Frühstück in einem großen Saal serviert wurde. Es gab ein gut bestücktes Büffet. Brötchen, Toast, Aufschnitt, Marmelade, Eier, kleine Würstchen und Schinken und verschiedene Sorten Cornflakes.

Mara nahm eine Schüssel Cornflakes und einen

Kaffee und setzte sich mit Frieda, die sich an Würstchen, Toast und Eiern satt essen wollte, ans Fenster. Binnen Minuten füllte sich der Raum und bald schwoll der Geräuschpegel auf ein unerträgliches Maß an. Besteck stieß gegen Keramik, Kinder schrien und lachten, Handys klingelten und aus der Küche schrie ein Mann auf Englisch, jemand möge das dreckige Geschirr vernünftig stapeln.

»Viele Engländer hier«, stellte Frieda mit Blick auf den großen Parkplatz fest. Die meisten Autos hatten englische Kennzeichen. Ein Bus fuhr am Fenster vorbei und hielt in einer Kurve. Ein paar ältere Menschen stiegen aus, streckten sich und blickten zum Hotelkomplex. Mara schlang ihre Cornflakes hinunter und tat sich einen Schuss Milch in den ziemlich ungenießbaren Kaffee.

»In Hotels trinkt man besser Tee«, meinte Frieda zwinkernd und nahm einen Schluck von ihrem Kräutertee. »Der Kaffee steht meistens viel zu lange in Thermoskannen und wird schnell bitter.«

Eine schnell sprechende französische Frau lief an ihrem Tisch entlang und setzte sich zu einer Gruppe Senioren. Anscheinend war sie die Reiseleiterin, denn sie verteilte Prospekte und schien irgendetwas zu erklären.

»Ich bin richtig aufgeregt«, sagte Frieda. Sie hatten die Autofähre um elf Uhr gebucht, bis dahin hatten sie noch ein wenig Zeit und Mara konnte ihre Haare auf dem Zimmer trocken föhnen, während Frieda die Sachen zusammenpackte.

Als es Zeit war, Richtung Fähranleger zu fahren, spürte Mara ein Kribbeln in der Bauchgegend. Eine Mischung aus Angst und Vorfreude. Sie wusste nicht, ob sie im Linksverkehr fahren konnte, doch Frieda versicherte ihr, dass es einfacher war, als man glaubte. »Wenn ich das hinbekomme habe, schaffst du das auch. Du bist wirklich eine gute Autofahrerin«, meinte Frieda, nachdem sie endlich auf der Fähre waren.

»Ich bin froh, dass ich nicht seekrank wurde, so wie das geschaukelt hat«, sagte Mara, sobald sie wieder festen Boden unter den Füßen hatten. Sie saßen in einer Teestube in Dover bei Scones und einer heißen Tasse Earl Grey. Frieda hatte gemeint, dass sie ihre Ankunft in England gebührend feiern mussten. Und das ging am besten bei Tee und Scones.

Sie saßen an einem Zweier-Tisch vor dem Kamin, der mit einer Tannengirlande geschmückt war. Auf dem Sims tanzte ein kleiner Weihnachtsmann aus Plastik zu Jingle Bells. »Diese Dinger sind wirklich lecker«, meinte Mara und biss in das letzte Stück von ihrem Scone, den sie mit Clotted Cream und Erdbeermarmelade bestrichen hatte. »Viel besser als unsere Berliner oder diesen furchtbaren trockenen Butterkuchen, den es immer bei meiner Oma gab.«

»Bei meiner Großmutter gab es immer sehr leckeren Bienenstich. Sie hatte ein großes Haus mit einem schönen Garten. Als Kind konnte ich es kaum abwarten, bis Wochenende war und wir sie besuchen fuhren. Ich durfte auf die Apfelbäume klettern, hatte eine Hängematte im Garten, in der ich las und schlief und selbst gemachten Eistee trank. Leider starb sie, als ich dreizehn war.«

»Das klingt nach einer schönen Kindheit«, meinte Mara.

»Das war es auch.«

»Meine Großmutter war ziemlich unfreundlich. Sie hat immer nur über andere Leute hergezogen, am liebsten über die Nachbarn. Und egal, was ich gespielt oder gemacht habe, ich war ihr immer zu laut.«

Frieda nickte düster. »So eine Großmutter hatte ich auch. Die Mutter meines Vaters. Aber die wohnte zum Glück weiter weg und daher haben wir sie nur einmal im Jahr besucht.«

»Als meine Eltern noch verheiratet waren, haben wir Weihnachten oft bei der Großmutter meines Vaters verbracht. Das war meine nette Oma. Sie war etwas vergesslich und konnte sich nie meinen Namen merken. Meistens hat sie mich mit dem Namen meiner Mutter angesprochen, aber sie hat den besten Pflaumenkuchen gemacht und an Weihnachten hat sie mit mir Marzipankekse gebacken. Dazu legte sie immer eine Schallplatte auf mit Weihnachtsliedern. Frank Sinatra und so.«

»Den hat meine Mutter auch gerne gehört«, sagte Frieda und schob ihren leeren Teller beiseite.

»Sie lebt jetzt in einem Pflegeheim in Hessen, in der Nähe meines Vaters. Ich besuche sie nur selten, meistens weiß sie gar nicht, wer ich bin.«

»Das ist sehr traurig«, meinte Frieda. »Aber die schönen Weihnachtserinnerungen nimmt dir keiner.«

Mara pustete sich eine Haarsträhne aus dem Gesicht. »Für mich hat Weihnachten seinen Zauber schon längst verloren.«

»Na, das würde ich nicht zu laut sagen«, meinte Frieda und erhob sich. Sie wickelte ihren Schal um den Hals und zog ihren Mantel über. »Du hast die Maple Street noch nicht gesehen«, sagte sie zwinkernd.

10

Finn war jedes Mal aufs Neue fasziniert, wie sich die alte Mühle binnen weniger Stunden in ein wunderschönes Weihnachtsspektakel verwandeln konnte. Sobald man die riesige Halle betrat, hatte man das Gefühl, eine Zeitreise ins viktorianische Zeitalter zu machen. Die altmodischen Karussells und die Weihnachtsverkaufsstände mit den rot-weiß gestreiften zirkusähnlichen Dächern und Markisen waren einfach hübsch anzusehen. Es roch nach Popcorn, das in verschiedenen Geschmacksrichtungen verkauft wurde. Salz-Karamell, Zimt-Marzipan oder Vanille. Es gab rot-grüne Zuckerwatte und überall liefen Weihnachtselfen herum, gekleidet in rot-grüne Kostüme mit witzigen Hüten und Fake-Elfenohren und verteilten Bonbons und Luftballons mit Weihnachtsmotiven an die Kinder.

Er hatte die Nacht kaum ein Auge zugemacht, weil ihm wieder die Sache mit seiner Mutter durch den Kopf gegangen war. Deswegen war er nun zu dem Entschluss gekommen, Abby direkt zu fragen. Sie kümmerte sich um die Gäste im Pub und wusste mit Sicherheit, ob seine Mum bereits angekommen war.

Abby saß gelangweilt am Kakaostand, einem mintgrünen Zirkuswagen mit einer roten Markise und blätterte in einer Zeitschrift. Der Weihnachtsmarkt hatte gerade erst geöffnet, die meisten Besucher jedoch kamen erst gegen Abend. »Hi Abby!«, sagte er betont fröhlich. Er fragte sich, wer der Typ in der Lederjacke vom Vorabend gewesen war, doch natürlich konnte er sie das nicht einfach so fragen. Nachher würde sie ihn noch für eifersüchtig halten.

Sie hob ihren Kopf und legte die Zeitschrift beiseite. Ein Lächeln umspielte ihre Lippen. »Hey, wie geht's?«

»Gut«, log er und betrachtete die Schiefertafel auf dem Tresen, wo die Kakaosorten und die jeweiligen Preise draufstanden. »Machst du mir eine heiße Zimtschokolade mit Sahne?«

»Klar«, sagte sie und machte sich ans Werk. Sie füllte einen Becher mit einer braunen Flüssigkeit aus einer Thermoskanne, tat einige Gewürze hinzu und verzierte das Ganze mit einer dicken Schicht Sahne. Es roch herrlich.

»Danke. Sag mal, habt ihr einen Mr und eine Mrs Garrett als Gäste bei euch im Pub?« Er nahm einen Schluck Kakao und leckte sich anschließend die Sahne von den Lippen.

»Ja, sie kamen gestern Mittag an. Wieso? Kennst du die?«

Finn versuchte, sich sein Entsetzen nicht anmerken zu lassen, doch er spürte, wie ihm sämtliche Farbe aus dem Gesicht wich. Einen Augenblick lang wurde ihm schwindelig, doch er fing sich gleich wieder. »Nur so«, meinte er stumpf. Dann hatte er sie am Abend zuvor tatsächlich in der Schlange vor dem Bratapfelstand gesehen. Sie hatte ihm gewunken. Aber wieso war sie dann verschwunden? Hatte der Mut sie verlassen?

»Ist echt gut«, sagte er und hielt den Becher hoch.

»Ich kann das Zeug nicht mehr sehen.«

Er grinste. »Ja, geht mir auch mit den Bratäpfeln so.«

»Arbeitest du jeden Abend?«

»Ja«, sagte er. »Du auch?«

Sie schüttelte den Kopf. »Ich habe heute Abend frei und wollte die Eislaufbahn ausprobieren.«

Hatte sie vorgehabt, ihn zu fragen, ob er mitwollte? »Cool«, meinte er. Er selbst war zuletzt als Kind gelaufen und hatte sich kaum auf den Beinen oder besser gesagt auf den Kufen halten können. Die anderen Kinder hatten ihn irgendwann ausgelacht, weil er mehr Zeit liegend auf dem Eis verbracht hatte als laufend. So gerne er Zeit mit Abby verbringen wollte, so ungern wollte er sich vor ihr lächerlich machen. Er trank seinen Kakao aus, verabschiedete sich und marschierte zurück zum Bratapfelstand. Hätte er Abby abends auf einen Eierpunsch einladen sollen? Er hätte ihr anbieten können, sie von der Eislaufbahn abzuholen, um mit ihr irgendwo etwas zu trinken. Wieso hatte er nicht daran gedacht?

»Alles in Ordnung, Junge?«, fragte sein Großvater, der am Herd stand und die Soße umrührte. Seine Großmutter war zu Hause geblieben und wollte lieber die Füße hochlegen und ihren Schal weiterstricken, den sie im Herbst begonnen hatte. Er konnte es ihr nicht verübeln. Es war regnerisch, windig und ziemlich frisch draußen.

»Ich …«, begann er, als er in die kleine Hütte trat, doch dann wusste er nicht, wie er seinem Großvater beibringen sollte, dass seine Mutter im Ort war und gestern beinahe am Stand vorbeigeschaut hatte. Er musste es ihm erzählen, dachte er. Sein Großvater würde einen gehörigen Schreck bekommen, wenn er seine ehemalige Schwiegertochter sehen würde, wo er doch erst an Heiligabend mit ihr rechnete. »Es ist wegen Mum … sie ist schon hier. Sie hat gestern im Pub ihr Zimmer bezogen«, sagte Finn schließlich, ohne seinen Grandpa dabei anzusehen.

»Hast du mit ihr gesprochen?« Sein Großvater rührte sie die Vanillesoße so heftig um, dass lauter

Spritzer an die Wände gelangten.

»Nein, ich habe sie gestern Abend kurz in der Menge entdeckt, war mir aber nicht sicher, ob sie das wirklich war. Deswegen habe ich eben Abby gefragt.«

»Diese Frau …«, sagte sein Großvater kopfschüttelnd. »Ich weiß, sie ist deine Mutter, aber ich verstehe nicht, wie sie einfach so hat abhauen können.«

»Ja, ich auch nicht«, murmelte Finn, der eigentlich gar nicht weiter über sie reden wollte. Wieso war sie bloß hierhergekommen? Er wollte nicht mit ihr reden. Die Tage vor Weihnachten waren schon stressig genug mit der ganzen Arbeit am Bratapfelstand. Wieso musste sie nun herkommen und ihm ihren Mann vorstellen, den er überhaupt nicht kennenlernen wollte? Dachte sie, sie könnte sich an Weihnachten mit ihm versöhnen? Das sollte sie eigentlich besser wissen, dachte er wütend. Mehr als einmal hatte er ihr eine Abfuhr erteilt. Sie sollte sich einfach aus seinem Leben raushalten. Nach dem Tod seines Vaters, zu einer Zeit, in der er sie vermutlich am meisten gebraucht hätte, hatte sie das ja auch getan. Rabenmutter hatte seine Granny sie genannt, wenn er nicht dabei war. Aber er hatte es gehört, als er an der Tür gelauscht hatte oder wenn sie glaubte, er habe bereits das Zimmer verlassen. Ja, eine Rabenmutter war sie und das würde sie für ihn auch immer bleiben.

11

»Ach, guck dir die schöne Landschaft an«, sagte Frieda, als sie bei Swindon auf die A419 bogen. »Überall liegt Raureif auf den Feldern. Schon fast ein bisschen weihnachtlich«, schwärmte sie, während Mara sich immer noch darauf konzentrierte auf der linken Fahrbahnseite zu fahren, was sich richtig ungewohnt anfühlte. »Wo übernachten wir eigentlich?«, fragte Mara.

»In einem Pub, dem *Red Horse*. Da habe ich uns zwei Zimmer gebucht. Es liegt nur zehn Minuten Fußweg von der Maple Street entfernt.«

»Hört sich gut an«, sagte Mara, die sich auf eine heiße Dusche freute, um ihre verspannte Muskulatur zu lösen. Das Fahren auf der linken Straßenseite und die zahlreichen Verkehrskreisel strengten sie an, doch sie wollte Frieda nicht die gute Laune verderben und so schwieg sie. Laut Navi erreichten sie in etwa vierzig Minuten ihr Reiseziel. »Ich freue mich auf ein schönes Ale«, meinte Frieda. »Und eine schöne Portion Fish und Chips.«

»Ich mochte die Pommes hier nicht. Viel zu dick und zu viel Schale dran«, meinte Mara lächelnd. »Aber beim Ale bin ich dabei.«

»Ich fand das Essen auch mehr als gewöhnungsbedürftig, als ich zum ersten Mal hier war. Aber irgendwie wollte ich es nachher nicht mehr missen. Mein Mann hat den besten Yorkshire Pudding gemacht, den ich je gegessen habe. Er hatte das Rezept von seiner Mutter. Dazu gab es Braten und kleine Kartoffeln mit Rosmarin.«

»Ich erinnere mich noch an eklig gefüllte Pasteten«, meinte Mara. »Und Essig an den Pommes.«

Angewidert verzog sie den Mund. »Aber das Frühstück mit Eiern und Würstchen fand ich toll!«

Sie schwelgten noch eine Weile in Erinnerungen, bis sie endlich das kleine Dorf in den Cotswolds erreichten. Mara staunte mit offenem Mund, als sie eine schmale Straße an einem Fluss entlangfuhren, der von einer hübschen Bogenbrücke überspannt war. Niedliche Cottages aus den typisch honiggelben Cotswoldssteinen säumten die Straße. Viele Häuser waren weihnachtlich geschmückt. In einigen Vorgärten thronten Tannen mit bunten Kugeln, an vielen Fenstern hingen Papiersterne und Lichterketten, die bereits eingeschaltet waren, obwohl es noch hell war.

Das Red Horse lag am Dorfanger und wirkte mit dem Reetdach und den Sprossenfenstern auf den ersten Blick ziemlich gemütlich.

»Hübsch hier«, meinte Mara, als sie das Gepäck aus dem Kofferraum holte.

Friedas Augen hatten einen schwärmerischen Glanz angenommen. »Das ist es.«

Der Schankraum war recht groß, aber auch sehr verwinkelt. Die dunklen Deckenbalken, die für eine gewisse Behaglichkeit sorgten, waren mit Lichterketten geschmückt. Über der Theke hingen einige Mistelzweige und Weihnachtssocken. Nur zwei ältere Herren saßen an einem kleinen Tisch am Fenster und tranken Bier.

»Guten Tag«, begrüßte Frieda den Wirt, einen Mann mit dunkelbraunem Vollbart, auf Englisch. Er trug einen grünen Pullover mit aufgedruckten Schneemännern. »Ich habe aus Deutschland aus zwei Zimmer gebucht, auf den Namen Bick.«

Der Wirt nickte, drehte sich um und nahm zwei

Schlüssel von einem Haken. »Zimmer sieben und acht. Sind direkt unterm Dach«, sagte er und reichte Frieda die Schlüssel. »Die Zimmer sind im Sommer nicht vermietbar, da staut sich die ganze Hitze, aber im Winter sind sie wirklich gemütlich. Das Bad ist im Flur auf der linken Seite. Sie haben die Etage und das Bad für sich, es gibt nur die beiden Zimmer dort.«

»Oh, wie schön«, sagte Frieda. »Wie viele Zimmer vermieten Sie?«

»Acht. Zwei unterm Dach, vier in der zweiten Etage und zwei in der ersten. Im Moment sind wir ausgebucht, Sie hatten Glück. Die Maple Street zieht jedes Jahr mehr Besucher an. Vor allem seit diesem Fernsehbericht vor zwei Jahren. Die meisten suchen sich Zimmer in Cheltenham, dort gibt es ein bisschen mehr zu sehen.«

»Ich war vor dreißig Jahren in Cheltenham und es hat mir sehr gut gefallen. Aber dieses Dorf ist einfach gemütlicher«, sagte Frieda. Je länger sie sprach, umso fließender wurde ihr Englisch. Mara schluckte. Zwar verstand sie das meiste, auch wenn der Wirt etwas nuschelte, doch sie hatte wenig Üben im Sprechen und fühlte sich auf einmal sehr unsicher. »Ich bin John Shaw«, stellte er sich vor und warf einen Blick auf das Gepäck, das sie dabeihatten.

»Wollen Sie nach der langen Reise vielleicht etwas essen oder trinken? Ich bringe Ihnen gerne das Gepäck hoch.«

Maras Blick fiel zur Tafel, auf der die Tagesgerichte aufgelistet waren.

Macaroni Cheese
Lasagne, Pommes und ein kleiner gemischter Salat

»Wir haben auch verschiedene Sandwiches und Burger«, sagte der Wirt und schob ihnen eine Speisekarte zu.

»Also, wir nehmen zwei Ale und ich würde gerne einen vegetarischen Burger nehmen«, sagte Frieda, nachdem sie die Karte sorgfältig studiert hatte. Der Wirt nickte und zapfte das Bier.

»Mit gegrilltem Ziegenkäse, Cranberrys, Rucola und einem Linsenpatty. Das klingt sehr lecker«, sagte Frieda zu Mara, die sich bemühte, nicht den Mund zu verziehen. »Ich nehme die Spaghetti Bolognese«, sagte sie, weil sie keine Lust auf Experimente hatte.

»Wie langweilig«, meinte Frieda und zeigte auf die Liste mit den Burgern. »Der klingt auch gut. Rindfleisch, Cheddar Käse und Honig-Senf-Soße. Ich meine, Spaghetti bekommst du doch auch in Deutschland und da sind die meistens auch nicht so lecker.«

»Meinetwegen«, sagte Mara und wandte sich an den Wirt. »I'd like the…Beef Burger.« Sie merkte, wie sie rot wurde und fragte sich, ob sie Quatsch erzählt hatte. Doch er nickte und lächelte. »Gute Wahl. Ich sag meiner Frau in der Küche Bescheid und bringe dann das Gepäck hoch. Suchen Sie sich einen Platz«, forderte er sie freundlich auf und verschwand durch eine Schwingtür.

Sie nahmen ihr Bier und wählten einen Tisch am Fenster, von wo aus sie auf den Dorfanger blicken konnten. »Was ist das für eine Säule«, fragte Mara.

»Zum Gedenken an die jungen Männer aus dem Ort, die im Krieg gefallen sind«, sagte Frieda. »Der Großvater von meinem Mann ist dort verewigt.

Sergeant Alfred Bick. Er wuchs in diesem Ort auf. Er war erst vierundzwanzig, als er in Frankreich fiel.«

»Dann hat dein Mann ihn nie kennengelernt?«

»Nein, leider nicht. Als der junge Alfred fiel, war sein Sohn, der Vater meines Mannes, zwei Jahre alt.«

»Wohnen hier noch Verwandte von deinem Mann?«

Frieda nickte. »Ich denke schon. Der junge Alfred hatte drei Brüder und eine Schwester. Zwei Brüder kamen aus dem Krieg zurück und lebten weiterhin hier. Die Schwester zog nach Yorkshire. Aber wir hatten nur noch Kontakt mit seinen Verwandten dort.«

»Dann könnten hier also immer noch Cousins oder so von deinem Mann wohnen?«, fragte Mara aufgeregt.

»Gut möglich«, sagte Frieda.

»Bist du gar nicht neugierig?«

»Wir kennen uns doch gar nicht. Ich glaube nicht, dass die Interesse daran haben, die Frau ihres verstorbenen Großneffen oder Cousins zweiten Grades zu treffen.«

Mara nippte vorsichtig von ihrem Ale, das viel dunkler aussah als das Bier in Deutschland. »Vielleicht ja doch. Vielleicht sind sie voll nett und würden gerne mehr über deinen Mann erfahren.«

Frieda drehte ihr Glas in den Händen und blickte Richtung Küche, aus der nun leckere Essensgerüche strömten. »Ich weiß nicht. Für meine Kinder wäre das vielleicht interessant …« Sie verstummte und verzog den Mund, als hätte sie in eine Zitrone gebissen.

»So ein großes Familientreffen wäre bestimmt lustig«, sagte Mara unbedacht. »Aber ich glaube, ich stelle mir das nur so toll vor, weil ich seit Jahren fast immer mit meiner Mutter alleine feiere.«

»Eine große Familie kann schon ein sehr guter Rückhalt sein, aber es gibt oft Streit, und zu Weihnachten kann das an die Nieren gehen. Eddie und ich haben ein Weihnachten hier verbracht. Damals haben wir in einem B&B gewohnt, das es leider nicht mehr gibt. Es war zwei Straßen weiter. Wir kamen her, um endlich mal besinnliche Festtage zu haben, denn Eddies Familie in Yorkshire war sehr nett, aber ständig stritten sie sich. Die Tante mit der Nichte, die Oma mit der Tante, der Onkel mit dem Bruder.« Sie rollte mit den Augen. »Es war schön, Weihnachten weit weg von dem ganzen Trubel zu verbringen. Aber die nächsten Jahre fuhren wir wieder nach Yorkshire, weil Eddies Mutter und die Schwestern so ein Theater gemacht hatten. Die Familie müsse doch zusammen feiern und so weiter.«

»Ich glaube, ich würde Streit in Kauf nehmen, wenn ich dafür in einer größeren Familie feiern könnte.«

»Das sagst du jetzt«, meinte Frieda und trank den Rest von ihrem Ale aus.

Die Schwingtür ging auf und eine rothaarige Frau mit vielen Lachfältchen um Augen und Mund legte zwei Teller auf die Theke. Mara stand auf, bedankte sich und brachte das Essen an den Tisch.

Der Burger schmeckte köstlich und sie war froh, auf Frieda gehört zu haben.

Nach dem Essen bezogen sie ihre Zimmer, die einfach aber sehr gemütlich eingerichtet waren. Es gab ein Bett mit einem altmodischen Nachttisch, ein Sessel vor dem Kamin und eine Kommode. Maras Zimmer war ein Stück größer und ging zum Garten hinaus, während Frieda von ihrem Fenster aus das

Treiben auf dem Dorfanger beobachten konnte.

»Gefällt es dir?«, fragte Frieda, als sie Mara dabei half, die Kleidung einzuräumen. Maras Augen leuchteten. »Und wie! Kein Vergleich mit dem Mehrbettzimmer in Hostel!«

Frieda nickte zufrieden. »Dann schlage ich vor, wir ruhen uns ein bisschen von der langen Fahrt aus und schlendern in zwei Stunden zur Maple Street.«

Mara nahm den Vorschlag dankbar an und legte sich nach einer heißen Dusche ins Bett, das nach Lavendel roch. Als sie ihr Handy in die Hand nahm, stellte sie überrascht fest, dass ihr Vater ihr eine SMS geschrieben hat.

Melde dich, mache mir Sorgen. Deine Mutter sagte am Telefon du wärst ausgezogen???

Mara seufzte, tippte eine Antwort, löschte sie wieder und legte das Handy auf den Nachttisch. Sollte sie sagen, dass ihre Mutter sie rausgeworfen hatte? Sie bekam Lust, ihm die Wahrheit zu schreiben. Dass sie obdachlos war und alte Leute um ihr Erspartes betrogen hatte, von Frieda erwischt worden war und sich nun in England befand. Doch er würde ihr entweder nicht glauben oder sie für übergeschnappt halten. Während sie überlegte, was sie ihm antworten sollte, fielen ihr allmählich die Augen vor Müdigkeit zu.

12

»Wo bist du denn mit deinen Gedanken, Junge?«, sagte sein Großvater ein wenig ungehalten, als Finn zum wiederholten Male einen falschen Betrag als Wechselgeld herausgegeben hatte.

»Tut mir leid«, murmelte Finn, nachdem die erboste Frau, die so getan hatte, als wollte Finn sie absichtlich betrügen, abgedampft war.

»Ist es dieses Mädchen aus dem Pub oder deine Mutter?«

»Beides«, gab Finn seufzend zu und wischte die Theke ab. Es war längst dunkel und der Weihnachtsmarkt wurde immer voller. Er fragte sich, ob seine Mutter hier irgendwo war.

»Na, geh schon, Junge, ich komme für ein, zwei Stunden alleine zurecht. Im Moment bist du mir sowieso keine Hilfe«, murrte sein Großvater und wechselte seine Schürze, weil die alte voller Soßenflecke war. Finn sah ihn verständnislos an.

»Geh zu dem Mädchen. Lad sie auf einen Glühwein ein oder so.«

»Sie wollte auf die Eisbahn, aber das ist nichts für mich.«

Sein Großvater seufzte. »Das weißt du gar nicht. Du bist zuletzt als Kind Schlittschuh gelaufen.«

Finn presste die Lippen aufeinander und dachte nach. Vielleicht sollte er es wirklich versuchen.

Am Kakaostand erfuhr er, dass Abby bereits zur Eisbahn aufgebrochen war. Im Weihnachtswald war es so voll, dass er sich zwischen den Leuten durchquetschen musste, die mitten im Weg standen und Glühwein tranken. Mehr als einmal bekam er einen Ellbogen in die Rippen.

An der Eisbahn war zum Glück nicht so viel los. Moderne Pop-Musik drang aus den Lautsprechern und etwa zehn Leute befanden sich auf dem Eis, die meisten davon Kinder oder Jugendliche. Aber er sah auch eine ältere Frau, die sehr elegant einige Pirouetten drehte. Ihr knallgelber Schal verdeckte ihr halbes Gesicht, aber er hörte, dass sie lachte.

Er ging einmal um die Eisbahn herum und erspähte Abby schließlich auf einer Bank, als sie sich gerade die Schlittschuhe anzog. Er lächelte, doch das Lächeln wich einem Stirnrunzeln, als er sah, dass sie nicht alleine war. Der Typ in der Lederjacke stand hinter ihr und strich ihr über den Rücken. Finns Magen verkrampfte sich. Was hatte er auch geglaubt? Dass sie alleine herkommen würde? Sicherlich hatte sie zahlreiche Freundinnen und Typen, die an ihr interessiert waren. Er schlug den Kragen seines Mantels hoch und drehte sich um, damit sie ihn nicht sah. So unauffällig wie möglich marschierte er den schmalen Weg entlang an der Eisbahn zurück.

»Sorry«, sagte eine junge Frau, als sie ihn versehentlich anrempelte.

»Kein Problem«, erwiderte er und versuchte zu lächeln, obwohl ihm so gar nicht danach war. Die junge Frau hatte wunderschöne grüne Augen und dichte, schwarze Wimpern. Ihr Haar war unter einer knallgelben Strickmütze versteckt. Er fragte sich, welche Farbe es haben mochte. Nach den Augenbrauen zu urteilen zwischen aschblond und hellbraun. »Verzeihung«, hörte er eine Stimme hinter sich und drehte sich erschrocken um, um die ältere Frau zu entdecken, die so schöne Pirouetten gedreht hatte. »Sie sind wirklich toll gelaufen«, sagte er voller Ehrfurcht, denn nun stellte er fest, dass sie bestimmt über siebzig sein musste. Graue Haare lugten unter der gelben Mütze hervor und um die Augen hatte sie zahlreiche Krähenfüße. Doch ihr Blick war freundlich. Sie erinnerte ihn an seine Großmutter. Nur, dass seine Granny nie Schlittschuh laufen würde.

»Vielen Dank. Ich dachte, ich bin aus der Übung, aber es hat wirklich Spaß gemacht.«

Er hörte einen leichten Akzent raus und fragte sich, woher sie kommen mochte. Vielleicht aus Skandinavien? Doch dann sagte sie etwas auf Deutsch zu der jungen Frau und reichte ihr die Schlittschuhe. Die junge Frau nickte ihm zu und verschwand Richtung Schlittschuhverleih.

»Ich wünsche Ihnen noch einen schönen Abend«, sagte die ältere Frau und ging weiter.

»Den wünsche ich Ihnen auch!« Er seufzte, holte sich im Weihnachtswald einen Glühwein und fasste einen Entschluss.

13

Friedas Wangen waren vor Kälte und Freude ganz gerötet. So einen Spaß hatte sie lange schon nicht mehr gehabt. »Du hättest mitmachen sollen, es macht wirklich Spaß«, sagte sie zu Mara, als sie sich mit einem Glühwein auf eine Bank setzten. Mara schüttelte den Kopf. »Ich kann mich keine drei Sekunden auf den Beinen halten. Einmal habe ich mir dabei den Arm gebrochen, ein anderes Mal habe ich mir den Knöchel verstaucht.«

»Dann ist es wirklich besser, du guckst nur zu«, meinte Frieda und nippte vom Glühwein. »Wohin wollen wir gleich? Zum Weihnachtsjahrmarkt in die Mühle oder hast du vielleicht Hunger?« Sie hatten sich bis jetzt einige der Stände angeschaut und Frieda hatte ihnen gelbe Strickmützen gekauft, aber danach waren sie zielstrebig zur Eisbahn marschiert. Mara war ganz überwältigt von den Gerüchen, den bunten Lichtern und den vielen Menschen. Es war wie eine ganz andere Welt. Eine Weihnachtswelt. Auf einmal wünschte sie sich, ihre Mutter könnte das sehen. Ihr würde das sicherlich gefallen. Sie nahm ihr Handy heraus und machte fleißig Bilder. Vielleicht würde sie die ihrer Mutter irgendwann zeigen können.

»Ich könnte etwas Süßes vertragen«, gestand Mara.

Frieda dachte nach. »Heiße Maronen? Oder … Bratapfel?«

»Bratapfel klingt hervorragend!«

Sie tranken den Glühwein aus und schlenderten durch den Weihnachtswald zurück in die Maple Street. Es roch nach Zimt, Vanille und Orangen.

Irgendwo sang ein Weihnachtschor und jede der Weihnachtsbuden funkelte und glitzerte. Auf einigen Dächern der Buden thronten riesige Rentiere und Elche aus Plastik oder Keramik.

»Oh, das riecht wirklich köstlich«, sagte Frieda, als sie sich an den Bratapfelstand stellten. Mara war überrascht, als sie den jungen Mann hinter dem Verkaufstresen sah, den sie an der Eislaufbahn angerempelt hatte. Mit seinen türkisblauen Augen, den Grübchen und den strubbeligen dunkelblonden Haaren hatte sie ihn sofort erkannt. »Hi, was möchten Sie?«, fragte er, als sie an der Reihe war. Erst jetzt blickte er hoch und lächelte. Sie war sich sicher, dass er sie ebenfalls erkannte. »Zwei Bratäpfel mit Vanillesoße, bitte«, sagte Mara leise. Er gab die Bestellung an seinen Großvater weiter. Mara fand es rührend, wie liebevoll er ihn *Granddad* nannte. Sie konnte sich kaum an ihre Großeltern erinnern.

»Zum ersten Mal in der Maple Street?«, fragte der Junge.

»Ja. Es ist wirklich toll hier.«

»Ihr seid aus Deutschland, deine Großmutter und du?«

»Ja. Aber … sie ist nicht meine Großmutter«, sagte Mara.

Frieda sah sich derweil das Kekssortiment am Stand gegenüber an. Sie wirkte ganz entzückt von der Auswahl und nahm gerne das Angebot der Verkäuferin an, einige Sorten zu probieren.

»Ich bin übrigens, Finn«, sagte er und grinste schief. »Willkommen in der Maple Street.«

Mara schenkte ihm ein Lächeln. »Ich bin Mara.« Sie spürte, wie sie rot um die Nase wurde. Dieser Typ war ausgesprochen süß, doch es war nicht so leicht, in einer fremden Sprache zu flirten. Sie war froh, dass keine weiteren Kunden anstanden. »Warst du schon auf dem Weihnachtsjahrmarkt in der Mühle?«, fragte Finn. »Dort findet gerade eine Theateraufführung statt. Ein Weihnachtsmärchen. Deswegen ist hier auch gerade nicht so viel los. Die Aufführungen sind sehr beliebt.«

Sie schüttelte den Kopf und war sich nicht sicher, ob sie alles verstanden hatte. »Ist da wirklich ein Jahrmarkt?«, hakte sie nach.

»Ja, aber nur ein ganz kleiner. Zwei Karussells, einige Buden. Aber es gibt sehr leckere Zuckerwatte.« Er drehte sich um und nahm die beiden Pappteller mit den Bratäpfeln entgegen, die sein Großvater ihm reichte.

»Bitte schön. Ich hoffe, sie schmecken euch.«

»Das werden sie bestimmt«, sagte Mara und musste und ein Kichern unterdrücken, als Finn den Stapel mit Servietten umwarf und beim Aufheben gleich darauf den Becher mit dem Besteck umstieß.

»Meine Güte, Junge! Hast du Pech an den Händen?«, rief sein Großvater halb amüsiert, halb verärgert.

»Nicht mein Tag heute«, murmelte Finn, der sich mit hochrotem Gesicht abwandte.

Sie aßen die Bratäpfel an einem der Stehtische und beobachteten die Menschen um sich herum. Viele trugen weihnachtliche Mützen oder blinkende Geweihe. Einige Kinder hatten Luftballons in Form eines Weihnachtsmannes oder eines Rentieres, die sie stolz hielten. Eine Verkäuferin in einem Weihnachtselfenkostüm mit ihrem Bauchladen verkaufte Zuckerstangen.

»Na, das ist mal eine originelle Idee«, sagte Frieda

und kaufte vier Zuckerstangen. »Früher sind leicht bekleidete junge Frauen mit so einem Bauchladen durch die Nachtclubs gezogen und haben Zigarren verkauft. Das hatte irgendwie Stil, findest du nicht?«, fragte sie, als die Verkäuferin weiter ging. »Ja, das stimmt. Ich habe das auf Bildern gesehen. Sind die für deine Enkelkinder?«, fragte sie, während Frieda die Zuckerstangen sorgfältig in ihrer Handtasche verstaute.

»Ja. Ich werde ihnen ein Paket schicken.«

»Da freuen sie sich sicherlich«, meinte Mara und leckte sich Vanillesoße von den Lippen. »Das ist der beste Bratapfel, den ich je gegessen habe«, sagte sie nach dem dritten Bissen. »Die Füllung ist so saftig und der Apfel ist außen knackig und innen saftig süß.« Sie sah zu Finn, der mittlerweile ein junges Pärchen bediente.

»Der Verkäufer hat ein Auge auf dich geworfen«, sagte Frieda.

Mara wurde knallrot und schüttelte heftig den Kopf. »Quatsch. Er war bloß freundlich.«

Friedas Lippen formten ein leicht schiefes Lächeln. »Er schaut immer wieder zu dir herüber, während wir hier essen.«

»Gar nicht«, sagte Mara, spürte aber, wie es in ihrem Bauch zu kribbeln begann. Sich zu verlieben kam im Moment nicht infrage. Sie hatte ja nicht einmal eine feste Bleibe, war auf frischer Tat von Frieda bei einer Straftat erwischt worden, und außerdem lebte sie in Deutschland und Finn hier in England. Es war absurd, sich in ihn zu verlieben.

»Ich glaube, wir sind beide ziemlich erschöpft«, sagte Frieda, als Mara zum zweiten Mal hintereinander gähnte.

»Lass uns zurück zum Pub gehen und morgen Nachmittag wiederkommen.«

»Ich denke, du hast recht«, meinte Mara und warf das Pappgeschirr in eine Mülltonne. Sie war pappsatt und rundum zufrieden. Sie warf Finn einen flüchtigen Blick zu, der gerade die Lichterkette an der Theke befestigte, die ein übereifriges Kind heruntergerissen hatte und winkte ihm.

»Ein gutaussehender junger Kerl«, bemerkte Frieda, als sie zurückmarschierten. Mara tat, als hätte sie nichts gehört und betrachtete die Weihnachtsbuden. Der Duft von heißen Maronen schlug ihr entgegen und ließ sie an die Weihnachten aus ihrer Kindheit denken. Ihr Vater liebte Maronen und hatte immer zwei Backbleche davon in den Ofen geschoben, während ihre Mutter sich über den Gestank beschwerte. Sie hatten sich immer über unsinnige Nichtigkeiten gestritten. Ob ihr Vater wohl immer noch zu Weihnachten Maronen machte?

»Mein Vater hat mir eine SMS geschrieben. Er hat von meiner Mutter erfahren, dass ich ausgezogen bin.«

»So nennt sie das?« Frieda schnaubte.

»Ich habe ihm noch nicht geantwortet. Ich weiß nicht, was ich ihm erzählen soll.«

»Na, die Wahrheit«, sagte Frieda und betrachtete ein paar Strickwaren, die eine junge Frau mit pinken Haaren anbot. »Wolle von walisischen Schafen«, sagte sie stolz. Frieda wickelte sich einen roten Schal um den Hals und nickte zufrieden. »Der ist für Ella«, erklärte sie, nachdem sie bezahlt hatte und sie weiter Richtung Pub marschierten.

Maras Handy vibrierte in der Außentasche ihres Mantels. Sie zog es heraus und runzelte die Stirn.

»Mein Vater«, sagte sie und starrte auf die Nummer.

»Nimm ab«, forderte Frieda sie auf, doch da hatte der Anrufer bereits aufgelegt.

»Er hat auf die Mailbox gesprochen. Ich höre es im Zimmer ab«, meinte Mara, deren Laune einen ziemlichen Dämpfer bekommen hatte. Für ein paar Stunden hatte sie ihre desolate Wohnsituation vergessen und einfach den Zauber der Maple Street genießen können. Der Anruf ihres Vaters riss sie viel zu schnell in die Realität zurück. »Wenn er erfährt, dass ich kein Dach über dem Kopf habe, wird er mir sicherlich helfen wollen. Bestimmt schickt er mir Geld oder sucht mir eine Wohnung. Aber das wird seiner Frau nicht gefallen.«

»Aber er ist doch unterhaltspflichtig, während du in der Ausbildung bist. Wie deine Mutter übrigens auch.«

»Ja, aber, ich will nicht, dass er wegen mir einen Ehekrach bekommt.« Sie wusste, dass ihre Stiefmutter sie nicht leiden konnte und froh war, weit weg zu wohnen, sodass sie die meiste Zeit tun konnte, als gäbe es Mara gar nicht.

Sie erreichten den Pub just in dem Moment, als es zu nieseln begann. Kaum hatten sie die Tür hinter sich geschlossen, fing es an, wie aus Kübeln zu gießen. »Sie hatten aber Glück«, sagte der Wirt, als sie durch den ziemlich vollen Schankraum Richtung Treppe gingen.

»Das kann man wirklich sagen«, sagte Frieda und bestellte zwei heiße Kakao, die sie mit auf ihre Zimmer nehmen konnten.

Mara war froh, als sie die Zimmertür hinter sich schließen und das Stimmengewirr und die Musik von unten aussperren konnte. Sie stellte ihren Kakao auf die Fensterbank und setzte sich auf den Sessel, dann hörte sie ihre Mailbox auf dem Handy ab.

Ich bin's. Melde dich, wenn du das abhörst. Ich mache, wir machen uns große Sorgen. Deine Mutter wollte nicht sagen, was los ist.

Mara seufzte und rief ihn schließlich zurück. Besser sie meldete sich, nicht, dass er noch auf die Idee kam, die Polizei einzuschalten. Er nahm nach dem zweiten Freizeichen ab. »Mara? Wo steckst du?« Die Stimme ihres Vaters klang müde.

»Im Moment in England, deswegen muss ich mich auch kurz halten. Möchte gar nicht wissen, was das Gespräch kostet.«

»In England?«

»Ja. Ist eine lange Geschichte.«

»Was ist denn passiert? Deine Mutter sagte, du seist ausgezogen.«

»Sie hat mich rausgeworfen. Ich bin nicht ausgezogen«, sagte Mara zerknirscht.

»Wieso denn das?«

»Ich habe meine Ausbildungsstelle gekündigt.«

Stöhnen. Sie war sich sicher, dass er die Augen verdrehte.

»Aber du wärst in einem Jahr fertig gewesen! Was hast du dir dabei nur gedacht?«

Mara kochte vor Wut. Erst interessierte er sich so gut wie gar nicht für sie und nun machte er ihr Vorhaltungen! »Das weiß ich, aber es ging nicht anders, weil …«

»Und wo wohnst du jetzt?«, unterbrach er sie.

»In einem Hostel, wenn du es genau wissen willst«, sagte sie gereizt. Sollte er doch ruhig die bittere

Wahrheit erfahren. »Und um das Hostel zu bezahlen musste ich Geld stehlen!«

Schweigen. Etwas raschelte. Im Hintergrund sprach eine Frau. Sie hörte, wie ein Fernseher eingeschaltet wurde. Werbung für ein Waschmittel lief.

»Bist du nun völlig übergeschnappt?«, schrie er. »Stehlen? Im Hostel wohnen?«

Mara brannten Tränen in den Augen. »Das ist dir doch alles egal! Was hätte ich denn machen sollen? Keiner meiner Freunde konnte mich mehr bei sich wohnen lassen. Soll ich auf der Straße erfrieren?«

»Du hättest zu uns kommen können. Du hättest zurück zu deiner Mutter gehen können …«

»SIE HAT MICH RAUSGEWORFEN!«, brüllte Mara nun. Dicke Tränen rollten ihre Wangen hinab. »Sie sagt, ich soll ja nicht wiederkommen. Und sie meinte das so!«

»Wieso hast du dich dann nicht bei mir gemeldet?«

»Ja, weil deine neue Familie das sicherlich toll gefunden hätte«, spie sie aus und wischte sich mit dem Ärmel über das Gesicht.

»Du gehörst auch zu dieser Familie«, sagte ihr Vater etwas lauter.

»Mein Handyguthaben ist gleich aufgebraucht, ich muss auflegen«, log sie schniefend und beendete das Gespräch. Danach schaltete sie das Handy aus und warf es aufs Bett. Ihr Kakao war inzwischen nur noch lauwarm, dennoch trank sie ihn schlückchenweise, während sie aus dem Fenster in die Dunkelheit starrte.

14

Nach einer erholsamen Nacht fühlte sich Frieda frisch und ausgeschlafen und freute sich auf ein reichhaltiges Frühstück. Besonders freute sie sich darüber, dass sie es nicht selbst zubereiten musste. Sie hätte schon viel eher in Urlaub fahren sollen. Es tat gut, einfach das zu machen, wonach einem der Sinn stand und sich nicht um den Haushalt zu kümmern.

Sie hatte sich gerade ein grünes Halstuch umgebunden, als ihr Handy piepte. Ella hatte ihr eine neue WhatsApp Nachricht geschrieben.

Frieda rollte mit den Augen.

Kommst du nun an Heiligabend zu uns? Ich muss das Essen planen. Die Kinder fragen auch.

Frieda war dieses Nachrichten hin - und herschicken leid, und so rief sie Ella kurzerhand auf dem Festnetz an.

»Ich schrieb dir doch bereits, dass ich über die Weihnachtstage in England bin«, sagte sie ohne Begrüßung.

»Dann bist du nicht hier?« Ellas Stimme klang fast schrill.

»Nein, weil ich hier in England bin. Ich schicke den Kindern ein Päckchen.«

»Bist du immer noch sauer wegen der Idee mit dem Pflegeheim? Das war Dereks Idee. Ich habe ihm noch gesagt, dass das Quatsch ist.«

»Ich ziehe in kein Pflegeheim!«

»Natürlich nicht. Das musst du ja nicht«, sagte Ella. »Bist du wirklich in England?«

»Sprech' ich Spanisch? Ja, ich bin in England, in

den Cotswolds um genau zu sein.«

»Aber … was machst du da?«

»Weihnachten verbringen. In der Maple Street. Wo dein Vater und ich mal ein sehr schönes Weihnachten verbracht haben.«

»Wo dieser hübsche Weihnachtsmarkt ist? Ich hab davon im Internet gelesen.«

»Es ist sehr schön hier. Würde dir und den Kindern gefallen«, sagte Frieda und stellte sich einen Moment lang vor, die drei wären tatsächlich hier. Den Kindern würde es bestimmt gefallen, besonders die Eislaufbahn und der kleine Jahrmarkt in der Mühle.

»Bist du geflogen?«

»Nein, eine Freundin ist mit dem Auto hergefahren.«

»Welche Freundin?«

»Du kennst sie nicht. Sie ist jünger.«

»Aber du kannst doch Weihnachten nicht dort verbringen. So ohne Familie.«

»Doch, natürlich. Ich kann endlich mal selbst entscheiden, was ich essen will und muss nicht diesen fürchterlichen Kartoffelsalat essen, den es bei dir jedes Jahr gibt. Ich mochte Kartoffelsalat und Würstchen noch nie.«

»Aber den gibt es jedes Jahr«, sagte Ella leise.

»Eben. Hängt mir zu den Ohren raus. Ich esse lieber Gans mit Cranberrysoße und Kroketten. Oder vielleicht Wildlachs.«

»Die Kinder sind sicherlich sehr enttäuscht.«

»Das glaube ich kaum. Die sind doch eh nur den ganzen Abend in ihren Zimmern mit ihren Geschenken beschäftigt und maulen schon rum, wenn sie mal für ein Familienfoto ins Wohnzimmer kommen sollen.«

»Aber … Weihnachten ist für die Familie. Das ist doch überall so.«

»Ich hätte euch hierher mitgenommen, euch eingeladen, aber du willst ja partout nicht von deinen Gewohnheiten abweichen.«

»Ich verreise nicht gerne.«

»England hat dir als Kind immer sehr gefallen.«

»Das ist lange her. Die Dinge verändern sich. Ich hasse es, zu fliegen. Ich hasse lange Autofahrten. Ich hasse Zugfahrten.«

Frieda seufzte schwer. »Frohe Weihnachten, Ella. Ich muss nun zum Frühstück.« Sie legte auf, bevor ihre Tochter noch irgendetwas erwidern konnte. Als Kind war Ella abenteuerlustig und neugierig gewesen und als Jugendliche hatte sie es geliebt, Urlaub am Meer zu machen. Nun gab es für sie nur noch ihr Fitnessstudio und das Einkaufszentrum. Sie ging nicht einmal mehr ins Kino, weil sie dafür angeblich keine Zeit hatte. Auch Strandausflüge mit den Kindern waren nicht drin, obwohl sie nur zwei Stunden von der Nordsee entfernt wohnte.

Als es an ihrer Zimmertür klopfte, legte Frieda das Handy in die Nachttischschublade und trat in den Flur, wo Mara bereits wartete. Sie sah müde aus und die Augen wirkten verquollen, als hätte sie viel geweint. Der rote Pullover betonte zudem ihre blasse Gesichtsfarbe.

»Na, hungrig?«, fragte Frieda gut gelaunt, in der Hoffnung, das arme Mädchen ein bisschen aufheitern zu können. Sie zuckte mit den Schultern.

»Auf jeden Fall freue mich auf einen Kaffee.«

»Ich auch«, sagte Frieda, hakte sich bei Mara ein und ging gemeinsam mit ihr die Treppe zum Schankraum hinunter.

Sie bestellten Eier, Speck, Würstchen und Bohnen mit Tomaten. Dazu zwei große Becher Kaffee. Der Wirt pfiff fröhlich vor sich hin, während er die Tische polierte. Aus der Küche duftete es bereits herrlich nach Speck.

»Es soll kälter werden in den nächsten Tagen«, meinte der Wirt, als er ihren Tisch mit einem feuchten Tuch abwischte. »Kam gerade im Radio. Vielleicht gibt es am Weihnachtstag sogar Schnee.«

»Schnee?«, fragte Mara, die ihren Becher fest umklammerte. »Schneit es hier denn sonst in der Gegend?«

»Im Januar gibt es schon öfter Schnee. Auch mal im Februar. Im Dezember eher selten, aber das kam auch schon vor.«

Das Ehepaar aus Zimmer vier trat in den Schankraum und setzte sich in eine Nische beim Kamin. Zwei frischverheiratete Frauen in den Zwanzigern aus Liverpool. Das wussten sie von der Wirtin, die am Vorabend ein wenig über die anderen Gäste geplaudert hatte. In Zimmer zwei wohnte ein Junggeselle aus Paris, der jedes Jahr in der Maple Street Crêpes verkaufte. Zimmer drei hatte eine Dame aus Glasgow gebucht, die jedes Jahr ihre Schwester im Ort besuchte, aber keinesfalls in deren Cottage übernachten wollte, das voller Staub und Hundehaare war.

»Was möchtest du heute machen? Wir könnten nach Cheltenham fahren und ein paar Weihnachtseinkäufe erledigen.«

Mara nippte von dem heißen Kaffee und tat noch etwas Milch hinzu. »Weihnachtseinkäufe?«

»Es ist eine hübsche Stadt, besonders zur Weihnachtszeit, mit der festlichen Dekoration. Ich könnte das Paket an meine Enkel abschicken und wir könnten anschließend eine der Teestuben besuchen.«

»Ja, wieso nicht«, sagte Mara.

Eine dreiviertel Stunde später waren sie in Cheltenham und parkten in einem großen Parkhaus in der Innenstadt, bevor sie in ein Shopping Center gingen.

»Wow«, stieß Mara aus, als sie an ein riesiges beleuchtetes Rentier aus Drahtgeflecht vorbeigingen, das in der Mitte aufgebaut war. Auf kleinen Sockeln standen niedliche geschmückte Tannenbäume und davor Stoffelche mit Weihnachtsmannmützen. Es war nicht besonders voll, was beide sehr genossen. So konnten sie sich in Ruhe umsehen.

Sie probierten verschiedene Parfums aus, stöberten in einem Buchladen, wo Frieda zwei Romane kaufte, durchwühlten die Sonderangebote eines Geschenkartikelladens und aßen schließlich in einem kleinen Lokal eine Pizza. Anschließend gingen sie zur Postfiliale, wo Frieda ihr Päckchen für ihre Enkel aufgab, dann spazierten sie über den Weihnachtsmarkt an der Promenade, wo sie heiße Maronen verspeisten, bevor sie sich in einer Teestube in der Nähe aufwärmten. Frieda erzählte von dem Telefonat mit Ella und Mara berichtete von dem Gespräch mit ihrem Vater und wie enttäuscht sie von ihm war.

»Er war vermutlich sehr geschockt und hat deswegen nicht auf seine Worte geachtet. Das passiert mir bei meinen Kindern und Enkeln auch manchmal.«

Mara schob sich ein Stück Apfelkuchen in den Mund. »Er hat sich nie für die Schule interessiert.

Meine Noten waren ihm egal, ihm war auch egal, was ich nach der Schule mache, und nun macht er mir Vorwürfe.«

»War es ihm egal oder wollte er dir vielleicht nur genug Freiraum lassen?«, fragte Frieda. Mara dachte kurz nach und zuckte mit den Schultern.

»Er hätte ruhig ein bisschen Interesse zeigen können. Es kam mir so vor, als wäre ihm alles egal, was ich mache.«

»Vielleicht solltest du ihn darauf ansprechen und ihn fragen.«

Mara hob beide Brauen und schob ihre leere Teetasse zur Seite. »Ach, er würde sich nur rausreden.«

»Das weißt du nicht«, sagte Frieda mit strengem Blick. Sie stocherte in ihrem Stachelbeerkuchen herum und schob ihn schließlich zur Seite, weil der Boden nicht durchgebacken war. Aber ihr war es unangenehm, die Bedienung darauf aufmerksam zu machen. Dabei war das Stück nicht gerade günstig gewesen. Hätte sie doch bloß die Kirschtorte genommen!

»Könntest du zu deinem Vater ziehen, wenn du wolltest?«, fragte sie.

Mara wirkte erschrocken. »Ich denke nicht. Die Wohnung ist zu klein.«

»Ich könnte eine Untermieterin aufnehmen«, sagte Frieda plötzlich, von ihren eigenen Worten überrascht. »Ich nutze das dritte Zimmer eh nur zum Bügeln. Das könnte ich ja auch im Wohnzimmer machen. Und die Busanbindung ist gut. Du wärst in nicht einmal einer Stunde an der Universität.«

»Aber … ich hätte gar kein Geld, schon gar nicht fürs Semesterticket und so.

Bücher, all das kostet …von der Miete ganz zu schweigen.«

»Nun, das Zimmer ist recht klein. Dafür kann ich nicht mehr als einhundertfünfzig Euro verlangen. Mit einem Job im Supermarkt oder in einem Restaurant als Bedienung würdest du das sogar ohne finanzielle Hilfe deiner Eltern schaffen.«

»Hm. Ich müsste mich in der Uni einschreiben. Wer weiß, ob ich überhaupt einen Studienplatz bekomme.«

»Also, mir käme das sehr gelegen«, sagte Frieda, als sie Maras Zweifel bemerkte. »Meine Kinder würden mich dann in Ruhe lassen wegen des Pflegeheimes. Immerhin könntest du dann aufpassen, dass ich keine Herdplatte anlasse oder nach einem Sturz tagelang in der Wohnung liege. Du tätest mir also einen großen Gefallen damit.«

»Du brauchst doch niemand, der auf dich aufpasst«, warf Mara ein.

»Wir wissen das. Aber meine Kinder machen vielleicht weiterhin Theater deswegen. Außerdem täte mir ein bisschen Gesellschaft wirklich nicht schlecht.«

Mara presste die Lippen aufeinander und starrte auf die Straße. Der Regen hatte nachgelassen, aber in den Pfützen spiegelten sich die hübschen Fachwerkhäuser und Giebel der kleinen Straße.

»Ich denke darüber nach«, sagte Mara, bevor sie auf die Toilette verschwand. Frieda lächelte verschmitzt. Sie hatte soeben einen Plan gefasst!

Am Nachmittag fuhren sie wieder zurück. »Nun tun mir aber ganz schön die Füße weg«, sagte Frieda. »Ich werde mich ein bisschen aufs Bett legen und lesen.«

»Ja, das werde ich auch tun«, meinte Mara, als sie die Stufen zu ihren Zimmern hinaufstiegen. Im Pub roch es nach Fisch und schalem Bier.

»Treffen wir uns um sieben zum Abendbrot unten?«, fragte Frieda und öffnete ihre Zimmertür.

»Ja, in Ordnung«, sagte Mara und winkte, bevor sie in ihr eigenes Zimmer ging.

15

Finn starrte auf den Umschlag in seiner Hand, auf der mit krakeliger Schrift der Name seiner Mutter stand, dann betrat er den Pub. Seine Knie waren weich, seine Handflächen schwitzig. Er hoffte, dass er nicht auf Abby treffen würde. Es wäre ihm unangenehm mit ihr über seine Mutter zu sprechen.

Am Tresen saßen drei Männer und tranken Bier. In einer Nische am Kamin spielten zwei Frauen Karten. Er hielt kurz den Atem an, als er das Mädchen vom Vorabend die Treppenstufen hochgehen sah. Mara. Fast hätte er ihren Namen gerufen, doch dann wurde ihm wieder bewusst, weswegen er hier war, und er entschied, dass es nicht der richtige Zeitpunkt war, um mit Mara zu sprechen. Und vielleicht wollte sie sich auch gar nicht mit ihm unterhalten. Wer war er schon? Nur der Junge, bei dem sie Bratäpfel gekauft hatte.

Er trat an den Tresen und grüßte Abbys Mutter, die gerade aus der Küche kam und sich die Hände an der Schürze abwischte. Sie trug einen verwaschenen Pullover mit Rentieraufdruck. Die langen braunen Haare waren mit einer glitzernden Schleife zusammengebunden. »Hallo, Mrs Shaw«, sagte er, bemüht freundlich zu klingen, und legte den Umschlag auf den Tresen. Er räusperte sich. Auf einmal fühlte sich sein Hals an, als hätte er Sand geschluckt. »Ich habe einen Brief für einen Ihrer Gäste -«

Sie verzog leicht den Mund und öffnete eine Schublade. »Für deine Mutter?«, fragte sie und reichte ihm einen gelben Umschlag. »Sie ist gestern Abend abgereist und gab mir den Brief für dich. Ich wollte erst deine Großeltern fragen, ob ich ihn wirklich … aber du bist immerhin über zwanzig und solltest selbst entscheiden können…« Sie lächelte gequält. Natürlich hatte sie seine Mutter erkannt, was hatte er auch erwartet? Sie waren immerhin auf die gleiche Schule gegangen. Wie dumm, dass er nicht daran gedacht hatte.

»Abgereist?« Er nahm den gelben Umschlag in die Hand und starrte auf seinen Namen und die Adresse. Vermutlich hatte sie ihn per Post einwerfen wollen, aber dann wohl Angst gehabt, dass seine Großeltern ihn wegwerfen, ohne ihn Finn zu geben.

»Ja, nach Glasgow. Eigentlich hatten sie das Zimmer für mehrere Nächte gebucht ….« Mrs Shaw blickte auf den Umschlag, den er ihr hingelegt hatte und auf dem der Name seiner Mutter stand. »Denn solltest du ihr mit der Post schicken.«

»Ja, mach ich«, meinte Finn und steckte beide Umschläge in seine Jackentasche.

»Ich dachte, heute schreibt man nur noch E-Mails oder WhatsApp-Nachrichten«, sagte sie lachend.

Er nickte nur und ging wie betäubt nach draußen. Auf dem Parkplatz kickte er mit der Schuhspitze gegen einen kleinen Stein. »Hey, Finn«, rief Abby, die an der Hauswand ihr Fahrrad abschloss. Der kleine Hund bellte fröhlich im Fahrradkorb, der am Lenker befestigt war. »Was machst du hier?«

»Nur einen Brief abgeben«, sagte er und wollte so schnell wie möglich das Thema wechseln. Wer schrieb seiner Mutter schon einen Brief mit der Bitte, ihn in Ruhe zu lassen? Er hatte den Brief nicht einmal besonders freundlich klingen lassen. »Warst du gestern auf der Eisbahn? Wie war es?« Hoffentlich hatte Abby ihn dort nicht gesehen, sonst würde ihn diese Frage ziemlich dumm aussehen lassen, aber ihm war auf die Schnelle nichts anderes eingefallen.

Abby rückte ihre Mütze zurecht und strahlte. »Toll. Ich habe mich mit einem alten Freund getroffen, wir hatten echt viel Spaß.«

Zu gerne wollte er mehr über diesen Freund wissen, doch ihr Vater kam aus dem Pub und herrschte sie an, sich zu beeilen. »Dein Onkel wartet seit einer Stunde auf dich, was machst du noch hier?«

Abby rollte mit den Augen. »Hatte eine Verabredung, das sagte ich doch.« Sie nahm den Hund aus dem Korb und drückte ihn ihrem Vater in den Arm, dann wandte sie sich wieder Finn zu. »Gehst du jetzt auch zum Weihnachtsmarkt?«

Er nickte. Eigentlich wollte er erst den Brief lesen, aber dafür brauchte er Ruhe und die würde er weder hier noch in der Maple Street finden. Er würde sich später, wenn es die Arbeit am Bratapfelstand zuließ, hinter der Mühle auf eine der Bänke setzen und den Brief lesen.

»Ich habe keine Lust mehr auf den Weihnachtsmarkt. Am liebsten würde ich in den Süden fahren. Ans Meer mit ganz viel Sonne«, sagte Abby, als sie die Straße überquerten. Zwei Kinder mit Luftballons und Zuckerwatte kamen ihnen entgegen. Sie sprachen aufgeregt über den Weihnachtsmann und welche Kekse sie ihm hinstellen sollten, wenn er die Geschenke brachte.

»Mir ist die Lust auf Weihnachten auch komplett vergangen«, meinte Finn.

»Wegen deiner Mutter? Meine Mum hat mir erzählt, dass sie abgereist ist. Das war doch die Frau, nach der du mich gefragt hattest, oder? Sie ist damals abgehauen, nicht?«

»Ja, aber ich will nicht über sie reden«, sagte Finn schnell.

Abby nickte. »Kann ich verstehen. Vielleicht kannst du mir bei einer Entscheidung helfen.«

»Welche denn?« Eine eisige Windbö fegte über die Straße. Er stellte seinen Mantelkragen auf und blickte zum wolkenverhangenen Himmel. Die Luft roch tatsächlich nach Schnee.

»Also dieser Freund, den ich seit Kurzem wieder regelmäßig treffe …«

Finns Magen zog sich zusammen, aber er ließ sich nichts anmerken, sondern setzte ein interessiertes Gesicht auf.

»Er reist morgen weiter. Nach Südfrankreich. Hat dort eine Tante und zwei Cousins. Und er hat mich eingeladen mitzukommen und Weihnachten bei ihnen zu verbringen.«

»In Südfrankreich?«

Sie nickte und lächelte breit. »Ja, in der Nähe von Cannes. In einer hübschen Villa mit riesigem Garten und Pool. Ich würde so gerne mitfahren, aber meine Eltern wären alles andere als glücklich. Und mein Onkel müsste eine Hilfskraft einstellen. Aber ich habe keine Lust, sein Mädchen für alles zu sein. Ich arbeite sechs Stunden für ihn ohne Bezahlung.«

»Du bekommst dafür kein Geld?«, fragte Finn entsetzt. Sie erreichten die Maple Street und traten durch den Torbogen ein. Die majestätische Tanne war mittlerweile vom Wind ein wenig schief geworden, aber irgendwie verlieh ihr das einen gewissen Charme.

»Nein, weil wir ja eine Familie sind und da hilft man sich ja gegenseitig«, sagte sie in leicht sarkastischem Tonfall. »Ich bin einundzwanzig und die behandeln mich immer noch wie ein kleines Kind.«

»Und diesen Freund, kennst du ihn gut?«, fragte er so beiläufig wie möglich.

»Ja, vom College. Wir waren mal zusammen und er ist wirklich nett.«

»Könnte schwierig werden mit einem Ex-Freund Urlaub zu machen«, meinte Finn. »Was ist, wenn er mehr will?«

»Wer sagt, dass das nicht auf Gegenseitigkeit beruht?«, fragte sie mit einem Schmunzeln in der Stimme. Finn fühlte sich, als hätte man ihm in den Magen geboxt. »Ja, dann …«

Sie hatten den Bratapfelstand erreicht, wo seine Großeltern gerade ein junges Pärchen mit Bratäpfeln versorgte. Finn mied Abbys Blick, tat als studierte er die Werbetafel, auf der alle Bratapfelsorten aufgelistet waren. Die mit der Pistaziencremefüllung hatte sein Großvater bereits durchgestrichen, weil ihnen am Vorabend die Creme ausgegangen war. Im Jahr zuvor waren sie auf den meisten Gläsern sitzen geblieben und so hatten sie dieses Jahr nur zwei Stück bestellt. Wie seltsam, dass nun so viele Menschen ausgerechnet Pistazienfüllung wollten.

»Ich werde Tommy sagen, dass ich mitkomme«, sagte sie leise, dann sah sie Finn direkt in die Augen.

Er hätte sich in ihren Augen verlieren können. Je nach Lichteinfall nahmen sie einen blauen oder einen grünen Schimmer an. Schon in der Schule hatten ihre Augen ihn fasziniert. Doch sie schien das gar nicht zu bemerken. »Danke, Finn!« Sie boxte ihm kumpelhaft auf den Arm und rannte dann halb hüpfend Richtung Mühle davon. Na toll!

»Hast du sie um eine Verabredung gebeten?«, fragte

sein Großvater, als Finn in die Hütte trat und sich eine Schürze umband. »Nein. Sie ist mit jemandem zusammen.«

Sein Großvater schlug ihm freundschaftlich auf die Schulter. »Es gibt so viele Mädchen. Du findest schon noch die Richtige.«

»Und wenn er lieber einen Mann finden möchte?«, warf seine Granny ein. »Dein Cousin Terry hat sich mit einen netten jungen Mann verlobt.«

»Ja, einen Architekten«, stimmte sein Großvater zu. »Attraktiver Bursche.«

Finn hatte seinen Cousin, der in Schottland lebte, seit Jahren nicht mehr gesehen. Sie hatten einfach zu unterschiedliche Interessen. Terry war chaotisch und unordentlich und ließ die Leute nie ausreden. Er interessierte sich nur für Autos und Maschinen, während sich Finn für Kunst und Geschichte begeistern konnte, was Terry oft dazu veranlasst hatte, sich über ihn lustig zu machen. »Ich interessiere mich für Frauen, Granny.«

»Aber, falls du es dir anders überlegst …wir haben nichts dagegen«, sagte sie und widmete sich wieder dem Soßentopf. Finn musste lächeln.

Die nächsten drei Stunden verkaufte er an die dreißig Bratäpfel, und allmählich wurden die Zutaten für die restlichen Füllungen knapp. »Was ist denn los heute, dass die uns die Dinger aus den Händen reißen«, meinte sein Großvater kopfschüttelnd, bevor er aus dem Auto Nachschub holte. Finn hatte so viel zu tun, dass er weder an den Brief seiner Mutter noch an Abby dachte. Doch gegen acht Uhr ließ der Ansturm nach, und während er sauber machte, kehrten seine Gedanken zu seiner Mutter zurück. »Ich geh mir mal kurz die Beine vertreten«, sagte er und ging Richtung Mühle. Doch statt den Eingang zu benutzen, ging er um das Gebäude herum, kletterte durch ein Loch im maroden Zaun und kam auf der Rückseite heraus, wo sich ein kleiner Teich und ein Mühlenrad befanden. Er setzte sich auf eine Holzbank und starrte einen Moment lang in den sternenklaren Nachthimmel, bevor er den Brief aus der Tasche zog.

Die Worte sahen aus, als wären sie in aller Hast geschrieben worden. Die Tinte war zum Teil verschmiert, doch die Buchstaben waren leserlich.

Mein lieber Sohn,

ich weiß, ich habe dir eine Menge zu erklären und das wollte ich während meines Besuchs auch tun, doch dann wurde mir klar, dass ich kein Recht habe,

einfach so in deinen Alltag zu platzen, wo du sicherlich in dieser Zeit des Jahres mehr als genug zu tun hast.

Ich bin bis Neujahr in Glasgow bei der Familie meines Mannes. Wir ziehen im Februar nach Schottland. Ich schreibe dir die Telefonnummer auf, falls du mit mir reden möchtest. Vielleicht könnten wir uns nach den Feiertagen treffen und reden? Ich habe begriffen, dass der erste Schritt von dir kommen muss.

In Liebe,
Mum.

Er las die Zeilen mehrmals durch und schluckte. Wie seltsam ihre Worte klangen. Sie hatten keinerlei Ähnlichkeit mit der Frau aus seinen Erinnerungen.

Aber die Erinnerungen waren vermutlich auch durch seine Wut getrübt. Ihm wurde klar, dass er seine Mutter überhaupt nicht kannte.

Sein erster Impuls war, den Brief zu zerreißen, doch dann besann er sich, faltete ihn und steckte ihn zurück in die Jackentasche. Vielleicht konnte er ihr irgendwann verzeihen und mit ihr reden. Er bezweifelte aber, dass er sie in den kommenden Tagen anrufen würde. Dennoch war er froh, dass sie diesen Entschluss gefasst hatte, denn das würde auch die Stimmung seiner Großeltern aufheitern. Und er konnte sich am Bratapfelstand endlich entspannen, ohne ständig Angst zu haben, auf einmal seiner Mutter gegenüber zu stehen. Ein wenig besser gelaunt als zuvor schlenderte er zum Bratapfelstand zurück.

Nun war auch die Orangencremefüllung durchgestrichen. Finn seufzte und betrat die Hütte. »Wenn das so weitergeht, müssen wir gleich schließen. Du musst morgen unbedingt zu *Carrie's Corner* und Nachschub besorgen«, sagte sein Großvater, bevor er einem älteren Herrn in einer knallgelben Regenjacke das Wechselgeld gab.

»Geht klar«, sagte Finn, band sich die Schürze um und machte sich wieder an die Arbeit.

Er war so damit beschäftigt, die Kunden immer wieder darauf hinzuweisen, dass gewisse Füllungen ausverkauft waren, dass er Mara in der Schlange gar nicht bemerkte. Erst als sie ihm schüchtern lächelnd gegenüberstand, sah er sie. Prompt ließ er die Zange fallen, mit der die Bratäpfel aus dem Ofen geholt wurden. Seine Großmutter reichte ihm eine neue, wirkte aber ziemlich amüsiert dabei.

»Ein Bratapfel mit Marzipanfüllung, bitte und einen mit Pistaziencreme.«

»Pistazie ist aus«, sagte er zerknirscht. »Ich muss morgen neue besorgen.«

»Oh, schade …« Sie biss sich auf die Unterlippe. »Dann muss ich wohl morgen wiederkommen.«

»Marzipan ist aber auch sehr lecker«, sagte er, während seine Granny die nächsten Bestellungen entgegennahm.

»Dann nehme ich nur einen mit Marzipan für Frieda.«

»Möchtest du denn gar keinen essen? Die anderen sind auch sehr lecker.«

»Möchtest du etwa nicht, dass ich morgen wiederkomme?«, fragte sie gespielt beleidigt.

Er wirkte erschrocken. »So war das nicht gemeint.«

Sie lachte und allmählich entspannte er sich und gab die Bestellung an seinen Großvater weiter, der bereits den Backofen öffnete. Bei dem Duft lief Mara das Wasser im Mund zusammen.

»Hast du vielleicht Lust … möchtest du mich morgen Vormittag ins Nachbardorf begleiten? Dort muss ich ein paar Zutaten für die Bratäpfel einkaufen und der Laden ist wirklich fantastisch, würde dir sicherlich gefallen.«

Mara dachte kurz nach. Frieda würde es sicherlich nichts ausmachen, also sagte sie zu. Finn lächelte breit. »Prima! Ich hole dich um neun Uhr im Pub ab«, sagte er und schob ihr den Bratapfel auf einem Pappteller zu.

»Bis dann«, sagte sie und stellte sich zu Frieda an den Stehtisch.

16

»Na nu, wieso nur einen?«

»Pistazie war aus, also komme ich morgen noch mal her.«

Frieda grinste schief. »Verstehe. Ich habe allmählich das Gefühl, es ging dir gar nicht um den Bratapfel«, sagte sie zwinkernd.

Maras Wangen bekamen einen rosa Schimmer. »Er hat mich eingeladen«, sagte sie leise.

Frieda hob beide Augenbrauen.

»Morgen Vormittag will er mir einen Laden im Nachbardorf zeigen«, erklärte sie.

»Das trifft sich gut. Ich habe morgen Vormittag einige Telefonate zu führen.«

»Mit deinen Kindern?«, fragte Mara, doch Frieda lächelte nur geheimnisvoll und bedeutete mit einer Geste, dass sie nichts verraten würde.

»Es ist wirklich toll hier«, sagte Mara, als Frieda aufgegessen hatte und sie zum Jahrmarkt in die Mühle gingen. Einen schöneren Jahrmarkt hatte sie nie zuvor gesehen. Sämtliche Verkaufsbuden waren liebevoll gestaltet und so schön altmodisch.

Sie fuhren zwei Runden auf dem Karussell, was wirklich Spaß machte. Frieda gewann am Schießstand einen Stoffteddy mit Weihnachtsmütze, den sie ihrer Enkelin schenken wollte und dann aßen sie Bratwurst und Pommes, bevor sie sich ein Theaterstück anschauten, das von mehreren Dorfkindern aufgeführt wurde.

Müde und glücklich fiel Mara zwei Stunden später ins Bett und verschlief beinahe das Frühstück. Da sie spät dran war und Finn sie jeden Moment abholen würde, trank sie nur einige Schlucke Kaffee und biss von einem gebutterten Toast ab, den Frieda ihr bestrichen hatte.

»Sieh mal!«, sagte Mara und zeigte aufgeregt aus dem Fenster. Winzige Schneeflocken wirbelten in der Luft herum. »Hoffentlich schneit es noch mehr.«

Keine fünf Minuten später tauchte Finn auf, warm eingepackt in einer hellblauen Daunenjacke, einem grauen Schal und einer blauen Mütze.

»Es ist ziemlich kalt«, sagte Finn, als Mara unsicher zu ihren Handschuhen schaute und sie schließlich in ihre Handtasche packte. Dann zog sie ihren Mantel an, setzte sich die gelbe Wollmütze auf und folgte Finn zu einem kleinen weißen Lieferwagen, der mit ***Millers Apfelhof*** beschriftet war.

»Der Apfelhof gehört meinen Großeltern. Ich lebe bei ihnen. Nun ja, eigentlich wohne ich im Moment im Studentenwohnheim in London«, erzählte er beim Einsteigen. »Ich bin nur noch in den Ferien hier.«

»Was studierst du?«

»Kunstgeschichte«, sagte er leise. Mara hatte den Eindruck, dass es ihm ein bisschen unangenehm war. »Das ist sicherlich richtig interessant.«

Er lächelte. »Ja, ist es wirklich. Und du? Was machst du?«

Sie schluckte. »Ich will mich für Chemie einschreiben. Ich habe vorher was mit Medien gemacht, aber das gefiel mir nicht.«

»Chemie? Wow! Ich war in Naturwissenschaften immer ziemlich schlecht.« Er bog in eine breite von Bäumen gesäumten Straße. »Die Häuser sind alle so hübsch weihnachtlich«, sagte sie wehmütig.

Finn blickte kurz aus dem Seitenfenster zu einem Cottage, dessen Reetdach mit leuchtenden Sternen geschmückt war. »Magst du Weihnachten?«, wollte er wissen.

»Eigentlich nicht. Nicht mehr. Aber irgendwie bin ich dieses Jahr mehr in Weihnachtsstimmung als sonst. Die Maple Street gefällt mir wirklich sehr.«

»Ja, das ist ein ganz besonderer Zauber. Ihr bleibt über Weihnachten hier?«

Sie nickte. »Ja, zu Hause wäre ich sowieso alleine. Meine Mutter hat … wir verstehen uns gerade nicht so gut«, sagte sie und biss sich auf die Zunge. Auf keinen Fall wollte sie ihm erzählen, wie sie Frieda kennengelernt hatte und hierhergekommen war.

»Geht mir ähnlich«, sagte er matt und bog in eine kleine Gasse. »Wo verbringt ihr den Weihnachtstag? Habt ihr hier Bekannte?«

»Nein, ich denke wir essen im Pub oder irgendwo«, meinte Mara unsicher. Hatte der Pub überhaupt an Weihnachten geöffnet? Mussten sie nicht rechtzeitig irgendwo einen Tisch reservieren oder würden sie in ihrem Zimmer sitzen und zwei Tüten Chips essen? Sie würde Frieda gleich nach ihrer Rückkehr im Pub danach fragen.

»Da sind wir. Willkommen bei *Carrie's Corner*«, sagte Finn und riss sie aus ihren Gedanken. Mara blinzelte. Er hatte vor einem weißen kleinen Lädchen geparkt, das aussah, als gehörte es dem Weihnachtsmann am Nordpol. Die grüngestrichenen Fensterrahmen waren mit roten Schleifen beklebt. An den Fensterscheiben leuchteten winzige gelbe Sterne. Vom Dach baumelte eine Girlande aus Zuckerstangen. An der Ladentür hing ein wunderschöner Weihnachtskranz mit kleinen Stoffelchen und glitzernden Bonbons.

Als Finn ihr die Tür aufhielt, schlug ihnen ein Schwall warmer Luft entgegen und der Geruch von

Zuckerwatte, Karamell und Zimt.

Direkt am Eingang glitzerte ein Weihnachtsbaum, der behangen war mit goldenen, grünen und hellblauen Kugeln und rotem Lametta. Darunter lagen hübsch verpackte Geschenke.

»Das ist irre«, stieß Mara aus, als sie sich die vielen Regale besah. Sie entdeckte die verschiedensten Kekssorten. Marzipan-Rum Dinkelkekse, glutenfreie Zimtkekse mit Schokolade, vegane Haferkekse mit Cashewnüssen, Schokoladenkekse mit Pistaziencremefüllung und ein Regal weiter befanden sich zahlreiche Marmeladen und Aufstriche. »Zimt-Karamell-Mus, Cranberry-Likör-Füllung, Zimt-Pflaumenkompott …«, las sie ehrfürchtig. Alles sah handgemacht aus, nicht wie ein Massenprodukt aus einer Fabrik.

Finn schnappte sich einen Einkaufskorb und befüllte ihn mit zehn Gläsern einer Pistaziencreme. Erst jetzt bemerkte Mara die kleine Treppe hinter einem Regal mit Pralinen und Schokolade. Sie führte auf eine Art Galerie, wo hübsche weiße runde Tische standen und Stühle mit plüschigen Kissen. »Wir könnten einen heißen Kakao trinken, wenn du magst«, sagte Finn. »Der Kuchen hier ist sehr gut.«

»Sehr gerne«, erwiderte Mara und fragte sich, wieso sie auf einmal ein solch heftiges Kribbeln in der Bauchgegend verspürte. Nachdem Finn seinen Einkauf bezahlt hatte, gingen sie zur Galerie hinauf, bestellten einen heißen Kakao mit Sahne und ein Stück Kürbistorte mit Zimtcreme. »Das ist die beste Torte, die ich gegessen habe«, sagte Mara und nahm den kleinen Stoffelch mit Weihnachtsmütze in die Hand, der auf dem Tisch stand und als Ständer für die Kuchen - und Getränkekarte herhielt. Sie schaute zur

Fensterbank, wo ein Miniatur – Weihnachtsdorf stand. Die Häuser und Figuren waren liebevoll gestaltet und sahen überhaupt nicht kitschig aus. »Ich wollte das meinen Großeltern schenken«, sagte Finn, der ihrem Blick gefolgt war. »Aber ein Blick aufs Preisschild …« Er lächelte verschmitzt. Mara stand auf und drehte das Preisschild herum, dann sog sie hörbar die Luft ein. Es kostete hundertsechzig Pfund.

»Das ist handgemacht von einer Künstlerin aus dem Ort. Ich nehme an, es ist sein Geld wirklich wert, aber so viel gibt mein Budget leider nicht her. Also habe ich meiner Granny eine hübsche Vase gekauft und meinem Großvater eine versilberte Zigarrenkiste aus einem Antiquitätengeschäft.«

Mara wurde sich bewusst, dass sie gar nichts für Frieda gekauft hatte. Sie hatte zudem nur dreißig Pfund dabei. Wenigstens eine hübsche Kleinigkeit musste sie finden. Irgendetwas, worüber sie sich freute. Doch sie hatte absolut keine Idee, was es sein könnte. Ein Buch? Das war irgendwie langweilig. Aber sie las gerne und Mara wusste nicht, was ihr sonst gefiel.

»Gibt es hier einen Buchladen?«

»Ja, schräg gegenüber. Die haben eine gute Auswahl. Wir können gleich hinübergehen. Ich kann dann auch noch nach einem neuen Roman gucken.«

»Was liest du so?«, fragte Mara neugierig.

»Am liebsten etwas, das in anderen Ländern spielt. Burma, Indonesien, Australien. Ich finde es interessant zu lesen, wie die Leute dort leben.«

Mara nickte. »Ich habe vor Kurzem einen Krimi gelesen, der in Hong Kong spielt. Das fand ich richtig gut. Aber die meisten Bücher, die ich lese, spielen in den USA oder in Skandinavien. Vielleicht sollte ich das mal ändern.«

»Mrs Simmons, die Inhaberin des Buchladens, kann dir sicherlich etwas empfehlen«, meinte Finn. »Sie lag noch nie daneben bei mir.«

Nachdem sie aufgegessen und Finn seinen Einkauf im Wagen verstaut hatte, gingen sie in die Buchhandlung, die so klein war, dass kaum zwei Leute durch die Regalreihen passten. Aber mit dem cremefarbenen Teppich und den dunklen Holzregalen wirkte es sehr gemütlich.

Sie stöberten eine halbe Stunde zwischen all den Büchern, bis Finn vorsichtig meinte, dass er bald zurückmüsse. Schließlich brauchten seine Großeltern die Pistaziencreme.

Mara entschied sich für einen Krimi von einem schottischen Autor, der laut Mrs Simmons erst vor zwei Tagen erschienen war und den Frieda somit garantiert nicht gelesen haben konnte. Dazu kaufte sie ein hübsches Lesezeichen mit bunten Perlen und eine hübsche Bonbonschachtel im Retro-Look. Mrs Simmons wickelte die Sachen in rotes Geschenkpapier ein und band eine grüne Samtschleife darum. »Vielen Dank«, sagte Mara und folgte Finn nach draußen. Sie hätte noch stundenlang dort stöbern können. Es gab eine extra Ecke nur für Krimis aus verschiedenen Ländern, die Mara am liebsten alle gelesen hätte.

»Tut mir leid, dass wir zurückmüssen«, sagte Finn, als er den Wagen startete.

»Kein Problem. Ich hatte sehr viel Spaß. Danke, dass du mich mitgenommen hast«, sagte Mara strahlend.

»Ich würde dich gerne noch mal auf einen Kakao einladen, aber im Moment … mit all der Arbeit am

Bratapfelstand …«

»Das verstehe ich«, sagte Mara schnell und spürte, wie sie rot wurde. Auf einmal schien der Innenraum des Lieferwagens viel kleiner zu sein als auf der Hinfahrt. »Vielleicht kann ich dir ja einen Kakao zum Bratapfelstand vorbeibringen. Der in der alten Mühle schmeckt sehr gut.« Sie war irritiert, als sie sah, dass Finn plötzlich angespannt wirkte. Sein Blick war starr, er sah stur auf die Straße und nickte lediglich.

»Aber vermutlich bist du zu beschäftigt«, sagte sie schnell. Hatte sie sich etwa aufgedrängt? War er nur höflich zu ihr gewesen und wollte sie womöglich gar nicht noch einmal auf einen Kakao einladen? Sie spürte etwas Schweres in ihrem Magen, als hätte sie einen Stein gegessen. Vielleicht sollte sie besser gar nicht mehr zum Bratapfelstand kommen, vielleicht fühlte er sich von ihr genervt? Sie überlegte, was sie an diesem Tag gesagt haben könnte, das ihn vielleicht verärgert hatte, doch ihr fiel nichts ein. Frustriert biss sie sich auf die Lippe und ließ die Landschaft an sich vorbeiziehen. Sie konnte anscheinend weder in Deutsch noch in Englisch mit Jungs flirten. Irgendwann war immer ein Punkt erreicht, an dem die Typen, die vorher noch interessiert schienen, sich von ihr abwandten.

»War wirklich schön mit dir, Mara«, sagte er, als er zwanzig Minuten später vor dem Pub hielt. Doch er sah sie kaum an, wandte den Blick gleich wieder auf die Straße.

»Ja, fand ich auch. Danke noch mal. Bye«, sagte sie, stieg aus und knallte die Tür zu. Mit Tränen in den Augen lief sie in den Pub, hoch in ihr Zimmer.

Sie klopfte nicht bei Frieda, um ihr zu sagen, dass sie wieder zurück war. Zuerst musste sie sich sammeln. Mit dem Wasserkocher auf der Kommode machte sie sich einen Tee und setzte sich ans Fenster. »Er ist nur ein Typ vom Weihnachtsmarkt«, sagte sie und wischte sich zum wiederholten Mal die Tränen aus dem Gesicht. Doch dann wurde ihr klar, dass sie nicht nur wegen Finn weinte. Zum ersten Mal seit langem hatte sie so etwas wie weihnachtliche Vorfreude gespürt, all die freundlichen Menschen hier, all die liebevoll geschmückten Häuser und Läden, und nun wurde ihr bewusst, dass sie doch einsam sein würde am angeblich schönsten Fest des Jahres. Selbst mitten im Pub und unter den Gästen und mit Frieda an ihrer Seite, würde sie einsam sein. Denn Weihnachten war nun einmal ein Fest, dass man mit den Menschen verbringen sollte, die man liebte. Mit seiner Familie. Doch ihre Familie war sauer auf sie. Sie wusste nicht einmal, ob ihre Mutter sie überhaupt noch liebte oder ob sie ihr egal war.

Als es an der Tür klopfte, zuckte sie zusammen. »Herein«, rief sie, denn sie hatte nicht abgeschlossen. Frieda steckte ihren Kopf zur Tür herein und musterte sie streng, als sie Maras rote Augen bemerkte. »Was ist passiert?«

Mara versuchte zu lächeln. »Ach, nichts. Es war ganz nett …« Sie stand auf, kämmte sich das Haar und wusch sich das Gesicht am Waschbecken.

»Ich wollte eigentlich fragen, ob wir unten zu Mittag essen wollen. Ich war mir nicht sicher, ob du schon zurück bist.«

»Mir knurrt der Magen, gute Idee«, log Mara, die sich fragte, wie sie auch nur einen Bissen herunterbekommen sollte.

»Irgendwas ist doch passiert«, sagte Frieda, als Mara sich das Gesicht abwischte. »Hat er was Blödes gesagt?«

»Nein. Vermutlich habe ich was Blödes gesagt«, meinte Mara traurig.

»Und was?«

»Das weiß ich nicht«, antwortete Mara und gab Frieda auf dem Weg nach unten das Gespräch im Auto so gut wieder, wie sie konnte.

»Also wurde er erst komisch, als du vorgeschlagen hast, einen Kakao an den Stand zu bringen? Vielleicht mag er keinen Kakao.« Sie setzten sich an ein einen Tisch in der Nähe des Kamins, denn es war ziemlich frisch im Schankraum, weil Mrs Shaw kurz zuvor gelüftet hatte.

»Aber er hat doch vorher einen Kakao mit mir getrunken.«

»Dann mag er vielleicht den Kakao aus der Mühle nicht«, schlug Frieda vor.

»Glaube ich nicht. Vielleicht hat er Angst, dass ich ihn nun ständig am Bratapfelstand belästige«, sagte Mara. »Vielleicht fand er mich auf einmal doof. Vielleicht mag er meinen Akzent nicht oder ich spreche ihm zu schlecht Englisch oder er findet mich einfach langweilig.«

»Dein Englisch ist ganz hervorragend«, sagte Frieda entrüstet. »Ich glaube nicht, dass es etwas mit dir zu tun hat.«

»Aber außer mir war sonst niemand im Auto«, murmelte Mara und betrachtete die Speisekarte. »Ich nehme eine Tomatensuppe und ein Sandwich.«

»Das ist nicht gerade viel. Na gut, ich nehme den Kartoffelgratin.«

»Was hast du gemacht, als ich unterwegs war? Hast du deine geheimnisvollen Telefonate erledigt?«, wollte Mara wissen, als das Essen kam.

»Das habe ich, ja. Oh, … das riecht ja köstlich. Möchtest du probieren?«

Mara war sich sicher, dass Frieda vom Thema ablenken wollte, doch sie sagte nichts.

Den Nachmittag verbrachten sie lesend vor dem Kamin und gegen siebzehn Uhr lud Frieda Mara in die Teestube ein.

Sie hatten gerade ihre Scones aufgegessen, als dicke Schneeflocken vor dem Fenster herumwirbelten. »Herrlich!«, stieß Frieda glücklich aus. »Wollen wir uns gleich einen Bratapfel holen?«

Mara hob eine Braue. »Ich habe gerade einen Scone gegessen. Der sättigt bestimmt bis Mitternacht mit der ganzen Marmelade.«

»Aber du begleitest mich doch zur Eisbahn, oder? Ich muss unbedingt noch einmal Schlittschuhlaufen.«

»Ja, klar«, sagte Mara. Solange sie nicht zum Bratapfelstand musste …

17

Es war ein Abend vor Heiligabend und die Eisbahn war so gut besucht, dass Frieda nur zögerlich zum Schlittschuhverleih ging. Doch Größe 38 war nicht mehr da und eine Nummer größer passte ihr leider nicht. Mit einem Schulterzucken ging sie zu Mara, die auf einer Bank saß und Glühwein trank.

»Tut mir leid, aber vielleicht, wenn wir ein bisschen warten …«

Frieda nickte und setzte sich neben sie. »Und das stört dich nicht?« Es war ein Grad kalt und der Wind war nicht ohne, doch mit Schals und Mützen war es gut auszuhalten. Ab und zu schneite es winzige Flocken, aber meistens war es trocken. Aus den Lautsprechern drang *Rudolf the red nosed reindeer* und eine Gruppe von Kindern sang lauthals mit. »Ich mag das Lied«, gestand Frieda und nahm einen Schluck von Maras Glühwein.

»Ja, ich auch.«

Frieda gab ihr den Becher zurück und musterte sie eine Weile. »Weißt du … ich kenne dich erst so kurz, aber mir kommt es so vor, als würden wir uns ewig kennen. Ich weiß, das klingt abgedroschen, aber es stimmt. Vielleicht, weil ich mir immer gewünscht habe, dass meine Tochter so wäre. So wie du.«

Mara klappte der Mund auf. Im ersten Moment wusste sie darauf nichts zu erwidern. Ihre Augen wurden feucht. »Danke. Ich habe auch das Gefühl, ich würde dich schon viel länger kennen.«

Frieda lachte kurz. »Es ist doch verrückt, wenn man bedenkt, wie wir uns kennengelernt haben.«

Mara senkte den Blick und nickte. »Das ist mir wirklich peinlich.«

»Aber, wenn du mich nicht hättest betrügen wollen, dann würde ich jetzt in meiner trostlosen Wohnung sitzen und wäre nicht hier, wo ich so glücklich bin.« Sie legte ihren Arm um Maras Schultern.

»Hier sind die Erinnerungen an meinen Mann so lebendig. Fast kann ich ihn auf dem Eis sehen, wie er mir zuwinkt. Und dann fallen mir ständig neue Sachen ein, an die ich lange nicht mehr gedacht habe. Sachen, die ich vergessen glaubte. Wie die Schneeballschlacht in London, mitten auf dem Piccadilly. Binnen kurzer Zeit waren wir dreißig Leute, die sich gegenseitig mit Schneebällen beworfen haben. Eddie, mein Mann, hat einem Kind kurzerhand seinen Schlitten abgekauft und mich die ganze Regent Street entlang gezogen.« Sie lachte und ihre Augen funkelten wie bei einem kleinen Mädchen, das gerade etwas ausgeheckt hatte. »Manchmal entstehen aus schlechten Sachen gute Dinge. Das sagte mein Vater immer. Und ich finde, in diesem Fall trifft es zu.«

Mara nickte lächelnd. »Ja, irgendwie schon. Er hat dich wirklich auf einen Schlitten durch die Straßen gezogen?«

Frieda nickte. »Anschließend haben wir uns im Savoy aufgewärmt und dort Tee und Kuchen bestellt. Wir waren voller Schnee, einige Gäste haben uns ziemlich pikiert angesehen.«

»Klingt wirklich nach einer Menge Spaß«, meinte Mara nachdenklich.

»Das war es. Und die Erinnerungen daran sind auf einmal so frisch, als wäre es erst gestern gewesen. Ich hätte viel eher herkommen sollen.«

Auf der Eisbahn prallte eine Frau gegen einen

kleinen Jungen und binnen kurzer Zeit lagen fünf, sechs Leute auf dem Boden. Mara wusste schon, warum sie lieber zusah. Sie war einfach viel zu ungeschickt. In der Schule hatte sie Mühe gehabt einen Ball zu fangen.

Friedas Handy klingelte. Sie runzelte die Stirn, als sie die Nummer auf dem Display sah, meldete sich mit ihrem Namen und ging ein Stück außer Hörweite. Nach wenigen Minuten kam sie freudestrahlend zurück. »So, wollen wir jetzt einen Bratapfel holen? Ich denke, es ist einfach zu voll zum Schlittschuhlaufen. Die Schlange beim Verleih wird immer länger.«

»War das deine Tochter am Telefon?«, fragte Mara, als sie Frieda zurück zum Weihnachtsmarkt folgte. Doch Frieda lächelte nur und schwieg.

Der Bratapfelstand war fast leer. Nur ein älteres Ehepaar verspeiste an einem der Stehtische ihr Essen. Doch Finn sah Mara nirgendwo. Stattdessen entdeckte sie seinen Großvater am Backofen. Er sah nett aus. Freundlich, mit grauem Haar, einer Weihnachtsmannmütze und einem kitschigen Pullover. »Vielleicht ist er auf die Toilette gegangen«, meinte Frieda und zeigte zum Stand mit den Kerzen. »Schauen wir uns solange die Kerzen an. Ich könnte ein paar hübsche gebrauchen.« Also schlenderten sie zur Kerzenverkäuferin.

»Essen wir Heiligabend im Pub? Hat der eigentlich auf?«, fragte Mara, während Frieda sich zwei hübsche rote Kerzen in Form eines Apfels ansah.

»Der Pub schließt um achtzehn Uhr. Aber ich habe das Hinterzimmer für uns gemietet, und die Shaws leihen uns ihr Raclette. Die Zutaten stellt uns Mrs Shaw aus ihrer Küche zur Verfügung. Es gibt französischen Käse und drei verschiedene Sorten Fleisch.«

»Das klingt toll«, sagte Mara ehrlich. »Ich liebe Raclette. Das ist sehr nett von den Shaws.«

»Ja, sie sind wirklich sehr freundlich«, sagte Frieda und tippte Mara auf die Schulter. »Der junge Mann ist zurück.«

Finn wirkte wütend, als er zum Bratapfelstand zurückkehrte. Seine Kiefermuskeln sahen verkrampft aus, die Lippen waren fest aufeinandergepresst. Mara zögerte. »Ich denke, es ist vielleicht keine gute Idee.«

Frieda beobachtete Finn und runzelte die Stirn. »Worüber immer er sich ärgert, es hat nichts mit dir zu tun.«

Obwohl Mara es eigentlich besser wusste und ihr Gefühl ihr riet, ihn in Ruhe zu lassen, schlenderte sie zum Bratapfelstand. »Hi. Einmal mit Pistazienfüllung, bitte«, sagte sie leise.

Finn, der sie erst jetzt bemerkte, ließ vor Schreck eine Colaflasche fallen. »Mist!«, rief er, bückte sich und begann, die Scherben zusammenzufegen. Sein Großvater trat an den Tresen. »Haben Sie schon bestellt?«

»Pistazienfüllung, Grandpa«, sagte Finn mürrisch und erhob sich wieder. Mara sah unsicher zu Boden. Sie hätte später oder am nächsten Tag herkommen sollen. »Tut mir leid«, sagte sie und sah ihn nun endlich an. Seine Haare waren ganz zerzaust. Seine Augen hatten einen traurigen Ausdruck.

»Ist ja nicht deine Schuld«, murmelte Finn.

»Schlechter Tag?«, rutschte es ihr heraus.

Finn nickte. »Also, er fing gut an, aber …« Er zuckte mit den Schultern und wandte sich dem nächsten Kunden zu, denn hinter Mara standen nun mehrere Leute an. Frustriert trat sie einen Schritt zur Seite.

Zehn Minuten später hatte sie ihren Bratapfel, und obwohl er köstlich duftete, hatte sie überhaupt keinen Appetit. Finn hatte sie kaum angesehen, was aber daran liegen konnte, dass er so viele Kunden zu bedienen hatte. Dennoch fühlte sich Mara furchtbar und wurde das Gefühl nicht los, dass sie irgendwie etwas Falsches ihm gegenüber gesagt haben musste.

»Er hat vermutlich so kurz vor Weihnachten sehr viel Stress«, sagte Frieda, als Mara zum bestimmt zehnten Mal zu Finn hinüberblickte, während sie ihren Bratapfel aß.

»Ja, vielleicht«, sagte Mara. »Ich habe Kopfweh und würde mich lieber hinlegen.«

»Dann gehen wir zurück«, sagte Frieda. Mara warf den Pappteller in den Mülleimer, hakte sich bei Frieda unter und die beiden marschierten Richtung Ausgang. »Ich habe sowieso noch etwas vorzubereiten«, meinte Frieda. In ihren Augen funkelte es und fast hätte Mara nachgehakt, was sie denn vorzubereiten hätte, doch dann rief jemand ihren Namen.

»Mara, hey!«

Sie wirbelte herum und sah Finn auf sich zu laufen, eine blaue Schürze um die Hüfte gebunden. Frieda ging langsam weiter, schaute sich bei der Keksverkäuferin um und ließ sich eine Keksmischung zusammenstellen.

Finn trat unsicher von einem Fuß auf den anderen. »Kommst du morgen wieder her?«

»Denke schon«, sagte Mara, denn an Heiligabend öffnete die Maple Street zum letzten Mal und Frieda wollte bestimmt noch einmal schlittschuhlaufen.

»Ähm … ich war vorhin etwas verärgert über …«

Er senkte den Blick und seufzte. »Es gab da ein Problem mit meiner Mutter und dann habe …nicht so wichtig. Ich wollte nur nicht, dass du den Eindruck hast, es könnte was mit dir zu tun haben.« Er lächelte verlegen.

»Oh, schon okay«, erwiderte Mara und sah ihn kaum an, aus Angst irgendetwas Dummes zu sagen. Seltsamerweise wurde sie immer so nervös in seiner Nähe. Dabei war er doch einfach nur ein junger Mann, der ihr Bratäpfel verkaufte. Sie kannte ihn kaum. Aber sie mochte ihn.

»Ich … ähm …morgen Abend ist vermutlich die Hölle los, aber mein Grandpa meint, ich kann mich ne Stunde loseisen und ich dachte …ich könnte dich auf einen Glühwein einladen oder so.«

Maras Knies wurden weich. »Ja, gern«, sagte sie schnell.

Finn wirkte erleichtert. Sein Lächeln war fast ansteckend. Seine Augen leuchteten. »Gut … dann bis morgen …« Er winkte ihr zu und lief zurück zur Bude. Mara grinste über das ganze Gesicht, drehte sich um und schlenderte zu Frieda, die mit ihrem Handy ein paar Fotos von der Maple Street machte.

»Allmählich freue ich mich auf Weihnachten«, sagte Mara, als Frieda ihr die Fotos auf dem Display zeigte. Frieda lächelte zufrieden und hakte sich bei ihr unter. »Dann lass und jetzt noch einen kleinen Sherry im Pub trinken.«

18

Es war weit nach Mitternacht, als Finn und sein Großvater nach Hause kamen. Beide waren durchgefroren und hatten rote Nasen, doch im Wohnzimmer brannte ein schönes Kaminfeuer und auf dem Herd erwärmte Finns Großmutter gerade einen Kakao. Sie hatte schon ihr Nachthemd an, sie ging oft um neun ins Bett und stand gegen Mitternacht wieder auf, um die beiden zu begrüßen. Sie konnte auch erst weiterschlafen, wenn sie wusste, dass beide wohlauf und gut versorgt waren.

Zu dritt setzten sie sich ins Wohnzimmer. Im Hintergrund lief leise Musik. Finn beschloss, dass er seinen Großeltern endlich von dem Brief seiner Mutter erzählte. Beide nahmen die Nachricht, dass seine Mutter nun doch nicht kommen würde, erleichtert auf. »Ich wünschte, ihr wäre das gleich klargewesen, ohne vorher so einen Aufruhr verursachen zu müssen«, sagte sein Großvater mürrisch.

»Ist es denn für dich auch in Ordnung?«, fragte seine Granny.

»Ja, ich bin erleichtert«, gab er zu.

»Morgen noch, dann können wir die Weihnachtstage genießen. Ich sag dir, allmählich macht es keinen Spaß mehr. Vor allem nicht bei der Kälte«, sagte sein Großvater.

»Morgen soll es richtig schneien«, erzählte seine Granny. »Es kam in den Nachrichten.«

Finn stöhnte. Auf einmal dachte er an Abby und fragte sich, ob sie wohl schon in Südfrankreich war.

Ihr Onkel war jedenfalls furchtbar wütend gewesen, als Finn sich am Kakaostand nach ihr erkundigt hatte. »Ist einfach abgehauen mit so einem dahergelaufenen Typen. Und lässt mich mit der Arbeit alleine, das glaubt man ja nicht!«

Finn hatte schnell seinen Kakao ausgetrunken und war gegangen. Dann ärgerte er sich über sich selbst, weil er nicht verstand, wieso ihn Abbys Verhalten so wütend machte. War es überhaupt Wut? War es nicht vielleicht Eifersucht, weil er nicht so einfach wegkonnte?

»Du siehst müde aus, du solltest gleich ins Bett gehen«, sagte seine Granny besorgt, als Finn seinen leeren Kakaobecher auf den Tisch stellte.

»Ich habe da ein Mädchen kennengelernt«, sagte er plötzlich, obwohl er eigentlich nur eine gute Nacht hatte wünschen wollen.

»Diese hübsche kleine, bei der dir immer alles runterfällt?« Sein Großvater lachte auf. Finn wurde knallrot und nickte.

»Ihr Name ist Mara und sie kommt aus Deutschland.«

»Und sie bleibt über Weihnachten hier? Oder wohnt sie hier?«, fragte seine Granny.

»Sie bleibt über Weihnachten. Sie ist mit ihrer Freundin hier. Die ist jedoch wesentlich älter. So um die siebzig.«

»Ich dachte, das wäre ihre Großmutter«, meinte sein Grandpa stirnrunzelnd.

»Jedenfalls dachte ich … sie übernachten im Pub, wisst ihr … und ich dachte, wir könnten sie vielleicht zum Weihnachtsessen einladen.«

»Aber … Haben sie denn noch gar nichts vor?«, fragte seine Granny.

»Soweit ich weiß, wollen sie im Pub essen.« Er machte ein trübsinniges Gesicht. Die Vorstellung, Weihnachten im Pub zu verbringen, fand er furchtbar.

»Aber wir kennen sie doch gar nicht. Und ich weiß nicht, ob das Essen reicht«, sagte seine Granny mit Blick zum Kühlschrank. Im Gefrierfach lag ein riesiger Truthahn. Dazu würde es Kartoffelbrei, Gemüse und Soße geben.

»Es bleibt doch jedes Jahr so viel übrig«, meinte Finn. »Außerdem ist Weihnachten und da tut man so etwas. Nett sein und fremde Leute zum Essen einladen.«

»Ich weiß nicht, was meinst du?«, fragte seine Granny ihren Mann, der nun genüsslich an seiner Pfeife zog. Er zuckte mit den Schultern.

»Von mir aus. Die beiden scheinen ganz in Ordnung zu sein. Und die alte Frau spricht perfekt Englisch. Es könnte ganz nett werden. Wir hatten schon lange keinen Besuch mehr an Weihnachten.«

Finn lächelte in sich hinein.

»Also schön. Ich werde sicherheitshalber noch einen Shepherd's Pie dazu machen und einige Pasteten …«

»Verhungern werden sie sicherlich nicht«, beruhigte Finn sie, gab seiner Granny einen Kuss auf die Wange und ging ins Bett.

19

Am nächsten Morgen schlief Mara zum ersten Mal aus. Als sie die Augen aufschlug, war es bereits elf Uhr. Sie fragte sich, ob sie ihren Wecker nicht gehört hatte, doch nach einem Blick auf ihr Handy, stellte sie fest, dass er ausgeschaltet war. Seltsam. Sie konnte sich nicht daran erinnern, etwas an der Einstellung geändert zu haben. Vielleicht hatte sie es im Halbschlaf getan. Gähnend ging sie zum Fenster und traute ihren Augen nicht. Schlief sie immer noch und träumte nur? Draußen schneite es dicke, feste Flocken und der Boden war bereits mit einer dicken Schneeschicht bedeckt. Die dünnen Äste der Bäume ächzten unter der weißen Pracht. Einige zarte Zweige waren bereits abgebrochen. Zwei Jugendliche waren damit beschäftigt, einen Schneemann zu formen. Sie lachten dabei und bewarfen sich mit Schneebällen. Ihre bunten Schals flatterten um ihre Köpfe.

Auf einmal wurde Mara bewusst, dass Heiligabend war. Zu ihrer eigenen Überraschung überkam sie ein seltenes Gefühl von Vorfreude. Noch nie in den letzten zehn Jahren hatte sie sich weihnachtlicher gefühlt. Am liebsten wäre sie runtergerannt und hätte ebenfalls einen Schneemann gebaut, doch ihr knurrender Magen erinnerte sie daran, dass sie noch kein Frühstück gehabt hatte. Im Pub gab es für die Gäste nur bis zehn Uhr ein Frühstücksbuffet, aber vielleicht machte Mrs Shaw ja eine Ausnahme und sie bekam zumindest noch eine Scheibe Toast und einen Tee. Wieso hatte Frieda sie nicht geweckt? Ob sie auch verschlafen hatte?

Sie zog sich einen Pulli und eine Jogginghose an und stürmte zu Frieda. Doch ihre Freundin öffnete nicht, und das Zimmer war abgeschlossen.

»Die ist vor ein paar Stunden mit dem Auto losgefahren«, sagte die junge Frau, die die Zimmer reinigte. Eine schmale Person mit eisblauen Augen und vielen Lachfältchen.

»Mit dem … Auto?«, wiederholte Mara schrill.

»Ja. Sie war ganz fröhlich und pfiff vor sich hin. Hat sich von Mrs Shaw noch Sandwiches mitgeben lassen.«

»Oh …« Mara überlegte, wohin Frieda gefahren sein könnte. Vielleicht machte sie noch ein paar Besorgungen für ihr kleines Festmahl, aber dann wäre sie doch nicht Stunden unterwegs und hätte Reiseproviant gebraucht? Und wieso hatte sie mit keinem Wort erwähnt, dass sie irgendwohin fahren wollte?

In Gedanken versunken stieg Mara die schmale Holztreppe hinunter und fiel beinahe über einen Besenstil.

Mrs Shaw rutschte auf allen vieren auf dem Boden und wrang einen Putzlappen aus. »So schön der Schnee auch ist, er macht doch eine Menge Dreck, wenn die Leute sich nicht richtig die Schuhe abklopfen«, sagte sie und rieb sich stöhnend den Rücken, bevor sie sich aufrichtete. »Und ausgerechnet jetzt hat sich meine Tochter dazu entschieden, Weihnachten in Südfrankreich zu verbringen. Mein Mann hat sich immer noch nicht von dem Schock erholt. Südfrankreich! Was will sie dort bloß?«

»Guten Morgen«, sagte Mara.

»Guten Morgen. Möchtest du einen Tee? Ich habe noch einen in der Thermoskanne. Früchtetee. Und etwas Toast und Butter lässt sich sicherlich auch noch auftreiben. Es sind sogar noch zwei hartgekochte

Frühstückseier übrig.«

»Das klingt fabelhaft«, sagte Mara erleichtert, die schon befürchtet hatte, mit einem warmen Mittagessen in den Tag zu starten, um das Magenknurren loszuwerden. Mara staunte, als sie in den Schankraum trat. In der Ecke beim Kamin stand ein hübscher mittelgroßer Weihnachtsbaum mit funkelnden blauen und silbernen Kugeln und violetten Schleifen.

»Sie haben nicht zufällig eine Idee, wo meine Freundin hingefahren sein könnte?«, fragte Mara, als Mrs Shaw ihr einen Teller mit zwei Scheiben Toast, etwas Butter und Käse und zwei Eier an den Tisch brachte.

»Sie wollte noch etwas für heute Abend erledigen. Dafür wollte sie nach London fahren. Nicht das beste Wetter zum Auto fahren.«

Mara blickte zum Fenster. Das Schneetreiben wurde immer stärker.

Was wollte Frieda bloß in London, das sie nicht auch in der näheren Umgebung bekam? Was war, wenn sie in einer Schneewehe steckenblieb oder von der Straße abkam? Sie nahm einen Schluck Tee und schrieb Frieda eine WhatsApp- Nachricht. Zu ihrer Erleichterung bekam sie keine fünf Minuten später eine Sprachnachricht als Antwort.

»Ich komme in zwei Stunden zurück. Geh doch zu deinem Bratapfelverkäufer und lade ihn zu einem heißen Kakao oder einer Schneeballschlacht ein. Ich muss dich nämlich um einen Gefallen bitten. Sei doch so lieb und verlasse spätestens um eins den Pub. Ich weiß, es ist kalt draußen, aber es gibt zwei hübsche Teestuben im Ort. Ich möchte nachher noch etwas vorbereiten und du würdest mir die Freude an den

Weihnachtsvorbereitungen nehmen, wenn du da wärst. Also, hab' viel Spaß und bis später!«

Das wurde ja immer mysteriöser. Mara hörte die Nachricht ein zweites Mal ab, aber sie fand keinen Hinweis darauf, was Frieda vorhaben könnte.

Nach dem Frühstück zog sie sich warm an und machte einen kleinen Spaziergang durch das Dorf. Die kalte Luft war angenehm, es roch nach Buchenholz und Kaminfeuer. Es rieselte nur noch wenige Flocken, doch die Wettervorhersage hatte mehr Schnee für den späten Nachmittag angesagt. Einige Kinder kamen ihr entgegen, die sich gegenseitig auf Schlitten zogen. Auf den Kirchenmauern lag Zentimeter hoher Schnee und ihre Schuhe knirschten bei jedem Schritt, den sie tat. Ab und zu war es etwas rutschig, doch sie genoss die Stille und den Zauber des Vormittags. Vor dem kleinen Krämerladen hatten sich drei Frauen versammelt, jede mit zwei prall gefüllten Einkaufstaschen. Sie unterhielten sich über Kuchenrezepte, nickten Mara freundlich zu und wünschten ihr einen schönen Tag.

Mara erwiderte den Gruß und betrat den Laden, wo sie eine Schachtel Pralinen, eine Packung Kekse und einen hübschen Becher mit der Aufschrift Maple Street 2019, den sie hübsch einpacken ließ und Frieda am Abend schenken wollte.

Anschließend ging sie in die Teestube gegenüber, wo ein wohliges Feuer im Kamin prasselte, und bestellte einen Earl Grey und ein Lachssandwich mit Kresse.

Die Angestellte hinter dem Tresen trug einen glitzernden roten Pulli mit einem aufgedruckten Rentier und wünschte ihr – in einem breiten texanischen Akzent – ein frohes Fest. Mara fragte sich, wie oft sie an diesem Tag wohl schon »Merry Christmas« gesagt hatte. Bestimmt an die fünfzig Mal. Die Teestube war gut besucht, überwiegend von älteren Dorfbewohnern und einigen Touristen. Ein asiatisches Ehepaar mit zwei kleinen Kindern trank genüsslich heißen Kakao mit Sahne, während die Kinder fasziniert aus dem Fenster schauten, wo ein Schneemann stand.

Mara zählte vier Schneemänner, als sie den Weg zurückging und in die Maple Street einbog. Die Buden würden zwar erst in einer Stunde aufmachen, aber vielleicht traf sie Finn ja schon am Bratapfelstand.

Tatsächlich belud er gerade die Regale mit neuer Ware. Sie sah, wie er zwei Kisten mit Äpfeln aufeinanderstapelte und dabei ächzte und stöhnte.

»Brauchst du Hilfe?«

Er wirbelte herum, ein breites Grinsen zeigte sich auf seinen Lippen. »Hallo Mara! Ich hab soweit alles fertig, aber danke für das Angebot.«

»Ich nehme an, du musst den ganzen Nachmittag arbeiten, oder?«, fragte sie.

Finn nahm seinen Wollmütze ab und fuhr sich mit beiden Händen durch sein dickes Haar. »Nein, meine Großmutter hilft heute mit. Sie meint, ich brauche mal ein paar freie Stunden. Ich bin nur hier, um die schweren Kisten reinzuschleppen.«

»Oh … gut«, sagte Mara und überlegte, was sie nun sagen sollte, ohne plump zu wirken. Doch Finn kam ihr zuvor. »Kennst du *Louisas Tearoom* in der Pound Street?«

Mara schüttelte den Kopf. Sie war im *Small Tearoom* in der Oxford Lane gewesen.

»Dort gibt es die besten Waffeln mit heißen Kirschen und ganz viel Schlagsahne«, sagte er.

»Das klingt sehr lecker«, sagte Mara, die seit Ewigkeiten keine Waffeln mehr gegessen hatte. Sie schaute auf ihr Handy. Frieda hatte sich noch nicht wieder gemeldet. Sie fragte sich, wann sie wieder in den Pub zurückkehren konnte. Sie konnte ja nicht stundenlang in Teestuben herumsitzen. Soweit sie wusste, gab es auch nur zwei im Ort.

»Ich schließe nur schnell ab«, sagte Finn, kramte seinen Schlüssel hervor und trat nach draußen. Es war seltsam, die Maple Street so leer vorzufinden. Nur einige Budenbesitzer waren dort und bereiteten den Verkauf vor, sortierten ihre Ware oder überprüften die Preisschilder.

Sie brauchten zwanzig Minuten zu Fuß in die Teestube. Obwohl das Dorf recht klein war, waren viele Straße recht weitläufig. Die Pound Street war eine von Bäumen umsäumte Straße am Ende des Dorfes. »Viele der Cottages hier sind noch aus dem achtzehnten Jahrhundert«, erklärte Finn mit Blick auf die alten und sehr kleinen Häuser. Einige hatten Bullaugenfenster, andere nur ein einziges Sprossenfenster pro Stockwerk. »Wie klein die Leute damals waren«, stellte Mara fest, als sie an einem winzigen Haus vorbeikamen, dessen rotgestrichene Tür keine eins siebzig maß. Überall hingen Mistelzweige und Lichterketten.

»Ja, wenn man nicht aufpasst, stößt man sich den Kopf. Passiert vielen Touristen«, sagte er lachend.

Mara schmunzelte. »Es ist ein so schönes Dorf.«

»Ja, aber wenn man hier aufgewachsen ist, wird es schnell langweilig.«

»Das ginge mir wohl auch so. Ich komme aus einer

Großstadt und manchmal ist es ganz schön anstrengend dort zu wohnen.«

Finn nickte. »Wie ist Hamburg so? Ich war bis jetzt nur mal in München und fand es wirklich schön dort.«

»Hamburg ist riesig. Die Innenstadt ist aber wirklich schön. Mit vielen alten Gebäuden, Brücken und zu vielen Touristen an sonnigen Tagen. Aber es gibt auch ruhige Ecken. Einige Stadtteile haben eigentlich eher Dorfcharakter«, sagte sie und dachte an eine ihrer Freundinnen, die in Sülldorf wohnte.

»Vielleicht sollte ich mir Hamburg mal anschauen. Ein Freund von mir hat ein paar Semester in Kiel studiert. Das ist in der Nähe, oder?«

»Ja, nur eine Stunde mit dem Zug entfernt. Und auch sehr sehenswert. Und Flensburg ist auch schön. Und von dort aus könntest du einen Abstecher nach Dänemark machen.«

Er lachte. »Okay, das klingt doch nach einer ziemlich coolen Tour.« Sie hatten die Teestube erreicht und er hielt ihr die Tür auf. Ein Schwall warmer Luft schlug ihnen entgegen und der Duft von Vanille und Orange. Augenblicklich lief Mara das Wasser im Mund zusammen. Die Teestube war ziemlich leer. Vermutlich waren die Leute noch mit ihren Weihnachtseinkäufen beschäftigt. Sie suchten sich einen Platz am Fenster neben dem Kamin mit Blick auf den gigantischen Weihnachtsbaum im Vorgarten. Die bunten Kugeln in Violett, Grün, Rosa und Blau funkelten im Sonnenlicht, das sich durch die grauen Wolken stahl.

Finn bestellte Waffeln und ein Kännchen Tee für sie beide.

»Der Tee hier schmeckt viel besser als zu Hause.

Zu Hause trinke ich gar nicht so oft welchen«, erzählte Mara, nachdem der Tee – ein Darjeeling – an den Tisch gebracht wurde. Zusammen mit ein paar Butterkeksen. »Das liegt vermutlich an unserem Wasser«, scherzte Finn. »Davon haben wir als Insel ja mehr als genug.«

Sie tat einen Schuss Milch in den Tee und genoss das süßliche Aroma. Dann tat sie es Finn nach und tunkte einen Butterkeks in die Tasse. »Ich war ewig nicht mehr hier«, sagte er und sah sich um. »Zuletzt vor einem dreiviertel Jahr mit meinen Großeltern.«

»Oh«, machte Mara.

Er grinste verlegen. »Nun ja … ist etwas uncool für Männer in eine Teestube zu gehen. Dabei haben die tolles Gebäck und Waffeln. Aber alleine gehe ich sowieso nirgendwo hin, auch nicht in einen Pub und meine Freunde wohnen alle in der Stadt.«

»Und deine Freunde würden dich auslachen, wenn sie wüssten, dass du in eine Teestube gehst?«

Er zuckte mit den Schultern. »Nun ja … sie würden ein paar Späße machen. Aber eigentlich ist es mir egal. Und trotzdem fühlt es sich irgendwie komisch an.« Er fasste die rosa Tischdecke an und sah zu den flauschigen Kissenbezügen, die auf einer Sitzbank am Kamin lagen. »Vermutlich wirst du lachen, aber ich mag diesen Kitsch. Es erinnert mich an zu Hause. Meine Granny liebt rosa und Kitsch, überall glitzert es in der Küche.«

Mara schmunzelte. »Ich mag rosa auch, aber ich werde immer ausgelacht, wenn ich das sage.«

Er legte den Kopf schief. »Ich dachte, wenigstens Mädchen und Frauen dürfen Rosa gut finden ohne blöde Blicke oder Kommentare zu kassieren.«

Sie rümpfte die Nase und schüttelte den Kopf.

»Nein, dann wird man sofort für eine …« Sie überlegte, wie die englische Bezeichnung für Tussi war, doch sie kam nicht drauf, also nahm sie das Handy zur Hilfe und wählte aus den zahlreichen Übersetzungsvorschlägen das Wort *Girlie,* weil sie das zumindest kannte. Die Waffeln kamen und verströmten einen herrlichen Geruch. Der Berg Schlagsahne und die heißen Kirschen sahen einfach zu gut aus, sodass Mara zum ersten Mal ihr Essen fotografierte, was sie sonst ziemlich albern fand.

»Ich bin mal mit einem Mädchen ausgegangen, das hat alles fotografiert, was sie gegessen und getrunken hat, jede Colaflasche, jede Tasse Tee …«

»So ein Mädchen kenne ich auch«, sagte sie und rollte mit den Augen.

»Du und deine Freundin Frieda, wie habt ihr euch eigentlich kennengelernt?«, wollte er wissen, bevor er sich einen Berg Schlagsahne mit Kirschen und etwas Waffel in den Mund schob.

Mara, die mit solch einer Frage nicht gerechnet hatte, probierte ebenfalls von der Waffel, die einfach köstlich war. Die Kirschen waren knackig und süß, die Sahne mit einer Prise Vanille und Zimt verfeinert und die Waffel war an den Ecken kross und innen weich. »Einfach perfekt«, sagte sie und räusperte sich. »Frieda und ich haben uns durch einen dummen Zufall kennengelernt«, erklärte sie schließlich und hoffte, das würde Finn zufriedenstellen. Doch weit gefehlt. »Und was für ein Zufall?«

»Ich hielt sie für die Großmutter einer Freundin«, log Mara und aß genüsslich ihre Waffel. »Wir kamen ins Gespräch uns haben uns angefreundet.«

»Apropos Großmutter«, sagte Finn, räusperte sich und rutschte etwas auf seinem Stuhl herum. »Meine

Granny fragt, ob ihr beide nicht morgen zu uns zum Weihnachtsessen vorbeikommen wollt. Sofern ihr noch keine anderen Pläne habt, natürlich.«

»Oh …«, sagte Mara, die spürte, wie sie rot wurde. »Das ist sehr freundlich. Ich muss natürlich erst Frieda fragen. Wäre es okay, wenn ich dir heute Abend per SMS Bescheid sage?«

»Klar. Was macht sie denn gerade? Hast du sie ganz alleine im Pub gelassen?«

»Nein, sie ist nach London gefahren. Ich weiß nicht, was sie vorhat, sie tut schon seit Tagen sehr geheimnisvoll. Ich darf auch erst zurück in den Pub, wenn sie mir Bescheid gibt.«

Er grinste. »Vielleicht schenkt sie dir ein Pferd zu Weihnachten und das wartet dann in deinem Zimmer und frisst die Bettwäsche auf. Das hätte Mrs Shaw gerade noch gefehlt.«

Mara prustete bei der Vorstellung, ein Pferd würde in ihrem Bett liegend die Bettwäsche anknabbern. »Ich frage mich, wieso sie nach London muss.«

Finn runzelte die Stirn und zerteilte seine Waffel mit der Gabel in kleine Stücke. »Vielleicht kauft sie etwas in einem speziellen Geschäft. Etwas, das es nur dort gibt, bei Harrods oder Selfridges oder so.«

»Tja, auf jeden Fall hat sie mir einen ziemlichen Schock bereitet, als ich gehört habe, dass sie mit dem Auto los ist.« Ihr Handy vibrierte, das sie umständlich aus ihrer Manteltasche zog, weil ihr Zeigefinger voller Sahne war.

»Ich darf in einer Stunde im Pub sein«, sagte sie grinsend. »Ist ja wie in der Kindheit zur Bescherung. Weißt du, in Deutschland überreichen wir schon am 24. Dezember die Geschenke. Die Eltern verbannen die Kinder meist ab mittags aus dem Wohnzimmer und gegen sechzehn Uhr oder bei manchen auch erst um achtzehn Uhr werden sie dann mit einem Glöckchen ins Wohnzimmer zur Bescherung gerufen.«

»Und dann gibt es Kartoffelsalat und Würstchen, oder? Das habe ich mal in einem Buch gelesen.«

»Ja, aber viele essen auch Raclette oder Fondue oder es gibt Gans oder Fisch.«

»Ihr habt auch am zweiten Weihnachtstag noch frei, oder? Das ist bei uns ja ein ganz normaler Tag, wo die Geschäfte offen haben und die Leute dann wie blöde ihre Geschenke umtauschen.«

»Da möchte ich nicht im Kaufhaus arbeiten«, meinte Mara, woraufhin Finn ihr beipflichtete. »Mich würde schon die Musik wahnsinnig machen.« Er summte *Oh Tannenbaum* und Mara brach in schallendes Gelächter aus, als er völlig schief zu singen begann.

Sie schaffte ihre Waffel nicht ganz, es war einfach zu viel und außerdem sollte sie in wenigen Stunden mit Frieda Raclette essen. Vielleicht hatte sie ja noch ein Schokofondue besorgt oder einen Wein? Aber dafür hätte sie nicht nach London gemusst.

Sie bezahlten schließlich und traten vor die Tür. Die Dämmerung brach an, ein oranger Streifen tauchte die Wolken in ein seltsames Licht. Es war noch kälter geworden und sie zog ihren Schal fest um sich.

»Hast du vielleicht Lust auf Schlittschuhlaufen?«, fragte Finn, als sie den schmalen Weg zurück Richtung Dorfmitte gingen. Ihre Stiefel knirschten unter dem festen Schnee. Unter einer Kastanie grinste ihnen ein Schneemann entgegen. Mara blieb stehen und richtete seine Karottennase.

»Ich fürchte, ich würde eher ein *Auf- den- Boden- fallen- und- lächerlich- aussehen* daraus machen«, sie Mara halb lachend.

»Ja, ich vermutlich auch. Die ganzen Winter der letzten Jahre habe ich mich geweigert auf die Eislaufbahn zu gehen.«

Mara kicherte. »Warum hast du dann gefragt?«

»Eine Art Reflex vielleicht? Ich will dich noch nicht zurück zum Pub bringen«, sagte er leise.

Mara grinste in sich hinein. Eine einzelne Schneeflocke fiel ihr direkt auf die Nasenspitze. »Wow, der angesagte Schnee«, meinte sie und blickte hoch. Nun tanzten zahlreiche Schneeflocken in der Luft herum. »Lass uns ein Bild von uns und dem Schneemann machen«, schlug Finn vor und zückte sein Handy.

Er verrenkte sich beinahe den Arm, um Mara, sich und den Schneemann mit aufs Bild zu bekommen. »Soll ich euch vielleicht zur Hand gehen?«, fragte eine männliche Stimme hinter ihnen. Mara erkannte Mr Shaw, den Wirt vom *Red Horse*. Seine dunkle Mütze war tief in die Stirn gezogen.

»Gerne«, sagte Finn und reichte ihm das Handy.

Mara und Finn posierte neben dem Schneemann, streckten einander die Zungen raus, lachten und standen schließen Arm in Arm vor dem Schneemann, während dicke Schneeflocken auf ihre Köpfe rieselten. »Das sind tolle Bilder! Ihr seid ein hübsches Paar«, sagte Mr Shaw, als er Finn das Handy zurückgab. »Keine Ahnung, warum Abby Südfrankreich vorzieht. Wann hatten wir denn zuletzt Schnee an Heiligabend? Sie verpasst das beste Weihnachten aller Zeiten.«

Mara fühlte sich immer noch von seiner

Bemerkung, sie seien ein hübsches Paar, geschmeichelt. Sie hoffte, dass sie nicht rot geworden war.

»Grüß mir deine Großeltern, Junge«, sagte Mr Shaw und winkte ihnen, bevor er weiter Richtung Teestube lief. »Mrs Barker hat mich gebeten, nach einem defekten Lichtschalter im Bad zu schauen.«

»Wiedersehen«, sagten Mara und Finn.

»Ich hoffe, wir sehen uns morgen wieder«, meinte Finn, als sie sich dem Pub näherten. Mara war mittlerweile trotz ihrer warmer Kleidung halb durchgefroren. »Ich auch. Ich schreibe dir eine Nachricht, sobald ich mit Frieda gesprochen habe.« Sie stellte mit Erleichterung fest, dass Friedas Auto unbeschadet aussah. Es parkte etwas schief vor den Mülltonnen.

Einen Moment lang standen beide da, machten Anstalten sich an den Händen zu fassen, doch irgendwie war der richtige Moment dafür verflogen, bevor er richtig aufgekommen war, und so winkte Finn ihr nur unsicher zu, während sie zur Tür marschierte.

Die warme und nach Bier und Schnaps riechende Luft, machte sie fast ein bisschen beduselt. Sie taumelte drei Schritte zur Seite, klopfte sich die Schneeflocken von ihrem Mantel und trat in den Schankraum, der so voll war, nie zuvor. Sie sah Mrs Shaw hinter dem Tresen Bier zapfen, winkte ihr kurz zu und lief dann die Treppe rauf. Frieda kam gerade aus ihrem Zimmer und summte ein Weihnachtslied. Sie trug eine festliche grüne Bluse und eine schwarze Stoffhose. Um den Hals baumelte eine Perlenkette. »Na, hattest du einen schönen Tag?«, fragte sie gut gelaunt.

»Äh … ja. Aber wo zum Geier warst du?«

»Das verrate ich später. Nun gehst du besser in dein Zimmer, wärmst dich am Kamin auf und ziehst dich dann um. Wir treffen uns in anderthalb Stunden unten.«

Mara hob beide Brauen, doch bevor sie etwas fragen konnte, schob Frieda sie bereits zu ihrer Zimmertür. »Ich habe dir eine Schale mit Kekse an den Kamin gestellt. Aber nicht satt essen, es gibt nachher Raclette. Und auf keinen Fall dein Zimmer verlassen!«

»Aber …« Mara schüttelte amüsiert den Kopf, ging in ihr Zimmer und fragte sich, was Frieda bloß vorhatte?

Sie nahm ihr Handy heraus und schrieb Finn eine Nachricht.

Kein Pferd im Zimmer.

Sofort erhielt sie einen lachenden Smiley als Antwort und legte das Handy auf den Schemel vor dem Kamin neben das Tablett mit den Keksen. Es waren Zimtsterne dabei, die mochte sie besonders. Sie schälte sich aus ihren Klamotten und zog einen roten Pullover aus Cashmere an, der einmal Friedas Tochter gehört hatte und kuschelig warm war, dann tauschte sie ihre Jeans gegen einen dunkelgrauen Wollrock und eine rote Strumpfhose. Ihre Haare band sie zu einem Zopf im Nacken, dann trug sie dezentes Make-up auf und ließ sich in den Sessel vor den Kamin fallen, wo bereits ein gemütliches Feuer prasselte. Sie las ein paar Seiten in ihrem Krimi, naschte von den Keksen und ließ ihren Blick immer wieder zu dem Schneetreiben aus dem Fenster gleiten. Zum ersten

Mal seit Jahren fühlte sie sich rundum glücklich.

20

Gut gelaunt kehrte Finn an den Bratapfelstand zurück, wo seine Großeltern alle Hände voll zu tun hatten. »Schön, dass du zurück bist«, sagte seine Granny und nahm die Schürze ab. »Ich muss seit einer Stunde auf die Toilette.« Sie lachte und überreichte Finn ihre Schürze, der sich sogleich an die Arbeit machte und Bratäpfel füllte und in den Ofen schob. Binnen weniger Minuten war ihm so warm, dass er kaum glauben konnte, wie winterlich es draußen aussah. Auf den Dächern der Buden lag eine dicke Schneeschicht und auch die Tannen waren pudrig weiß und sahen nun wirklich aus wie ein richtiger Winterwald.

»Wie war deine Verabredung?«, wollte sein Großvater wissen, als sie einen Moment Ruhe hatten.

»Toll«, erwiderte Finn. »Wir haben Fotos gemacht«, sagte er und holte sein Handy hervor. »Mr Shaw kam gerade vorbei und hat uns fotografiert.«

»Sieht nach einer Menge Spaß aus.«

Finn nickte und nahm die fertigen Bratäpfel aus dem Ofen, die sie binnen weniger Minuten alle verkauften. Schnell machte er Neue.

»Kommt sie morgen zum Essen?«

»Sie muss das erst mit ihrer Freundin absprechen und meldet sich später.«

Weitere Kunden kamen und die nächsten zwei Stunden hatten sie kaum Zeit, um Luft zu holen. Irgendwann gingen ihnen die Rosinen aus. Finn fluchte. Er hatte tatsächlich vergessen, neue zu kaufen. »Sind die alle ausgehungert?«, fragte seine Granny lachend, die mit einem solchen Ansturm nicht gerechnet hatte. Sie verkauften jedes Jahr recht ordentlich, doch noch nie waren ihnen die Zutaten so schnell ausgegangen. Sie machten bestimmt 30 Prozent mehr Umsatz, wenn nicht sogar mehr, dachte Finn.

Immer wieder, wenn er gerade etwas Ruhe und Zeit hatte, warf er einen Blick auf sein Handy. Doch Mara meldete sich nicht mehr. Er fragte sich, ob sie bereits Raclette aß und Geschenke austauschte. Dann fiel ihm ein, dass er überhaupt kein Geschenk für sie hatte. »Ich muss noch mal weg«, sagte Finn und nahm die Schürze ab, nachdem er sich vorher die Hände gewaschen hatte.

Seine Großeltern sahen ihn erwartungsvoll an, aber er wollte sich nicht erklären. »Habe was vergessen«, nuschelte er.

»Bring Rosinen mit«, rief seine Granny ihm hinterher.

Finn lief zielstrebig zum Krämerladen, die Hände tief in seinen Manteltaschen versteckt. Es war eisig kalt, doch es hatte zumindest aufgehört zu schneien. Ein bisschen Schnee an Weihnachten war schön, doch eingeschneit werden wollte er sicherlich nicht.

Als er am Pub vorbeilief, blickte er hoch zu den Gästezimmern und fragte sich, was Mara gerade machte. Ob sie schon mit Frieda Geschenke austauschte? Es musste doch irgendwie seltsam, so weit weg von zu Hause Weihnachten in einem Hinterzimmer eines Pubs zu feiern. Er wusste nicht viel über Maras Familie. Genau wie er wechselte sie schnell das Thema, wenn die Sprache auf ihre Eltern kam. Vielleicht war sie in einem Heim aufgewachsen und Frieda war ihre Pflegemutter? Aber das hätte sie ihm doch sicherlich nicht verschwiegen.

Vielleicht erfuhr er mehr, wenn sie sich besser

kannten. Er erzählte ja auch nicht gleich alles über sich. Und ob er jemals mit jemandem über seine Mutter reden würde … Allerdings blieb Mara nur bis kurz nach Neujahr und dann war es fraglich, ob er sie wiedersehen würde. Er hatte sich im Internet über Hamburg informiert, sich viele Bilder angesehen, die Webseite der Universität angeschaut und sich über Museen und Galerien erkundigt. Doch mit einem Abschluss in Kunstgeschichte und keinerlei Deutschkenntnissen würde er dort nicht einmal ein Praktikum machen können. Dabei konnte er sich gut vorstellen, für eine gewisse Zeit in Ausland zu gehen. Solange seine Großeltern noch fit waren, könnte er durch die Welt reisen. Später würde er lieber in ihrer Nähe wohnen.

Er stieß die Tür zum kleinen Gemischtwarenladen auf und kaufte vier Tüten Rosinen, dann sah er sich zwischen den Regalreihen um. Er konnte Mara doch keine Pralinen schenken! Aber so einen Becher mit Maple Street Aufdruck fand er auch wenig originell. Wieso hatte er nicht eher daran gedacht, dann hätte er in die Stadt fahren können, wo die Auswahl größer war.

Dann fiel sein Blick auf den kleinen Buchständer. Dort lag ein sehr hübsches Notizbuch aus dunkelgrauem Leder. Auf der Vorderseite waren rote Steinchen aufgeklebt. Ein Notizbuch konnte man als angehende Studentin doch immer gebrauchen, oder? Es war weder zu persönlich noch langweilig, also nahm er es mit und ließ es sich von Mrs McKay in goldenes Geschenkpapier einpacken.

»Grüne oder rote Schleife?«, fragte sie und zog eine Schublade unter dem Tresen auf.

»Grün«, sagte er, weil Mara ihm erst am

Nachmittag gesagt hatte, dass es eine ihrer Lieblingsfarben war.

Beim Rausgehen stieß er mit Mr Shaw zusammen, der bereits ein wenig angeheitert wirkte. Er entschuldigte sich, wankte zur Seite und stieß gegen das Regal mit den Konserven. »Zu viel Schiss im Glühwein«, lallte er. »Schuss natürlich.«

Mrs McKay kicherte.

»Frohe Weihnachten«, rief Finn und machte sich auf den Weg zurück in die Maple Street. Die Luft roch nach Schnee, Zimt und Orangenschale, und als er am Bratapfelstand ankam, hatte er auf einmal unglaublich gute Laune und pfiff *Jingle Bells* vor sich hin. Sein Großvater grinste ihn an und kurz darauf sangen Finn und seine Großeltern aus voller Kehle, während sie weitere Bratäpfel zubereiteten.

21

Aus irgendeinem Grund verspürte Mara leichtes Bauchkribbeln, als sie die Treppe nach unten ging. Dabei war das albern, schließlich würde sie nett mit Frieda essen und es sich vor dem Kamin gemütlich machen. Aber in den letzten Tagen war sie so in Weihnachtsstimmung gekommen, dass sie nun ganz aufgeregt war. Dabei mochte sie Weihnachten doch gar nicht!

Der Schankraum war mittlerweile leer. Nur Mrs Shaw stand hinter dem Tresen und wusch einige Gläser ab. »Du siehst aber schick aus«, sagte sie freundlich und zeigte zu einer Holztür, die zu einem Hinterzimmer führte, in dem zwei Dartautomaten standen. »Da drin ist alles vorbereitet!«

»Danke schön. Frohe Weihnachten!«, sagte Mara und ging zaghaft auf die Tür zu, dann drehte sie den Knauf herum und trat ein. Im ersten Moment war es so schummrig, dass ihre Augen einen Moment brauchten, um sich an das Licht zu gewöhnen. In der Mitte stand ein großer Esstisch mit einer roten Tischdecke und grünen Sternen. Überall standen Kerzen und im Kamin prasselte ein Feuer vor sich hin. Das Raclette war bereits aufgebaut. Auf einem Beistelltisch konnte man sich wie an einem Büffet bedienen. Es gab Oliven, verschiedene Sorten Käse, klein geschnittenes Gemüse, verschiedene Sorten Fleisch, Soßen und Salate.

Das war doch viel zu viel und würde für eine ganze Schulklasse reichen, schoss es ihr durch den Kopf. Sie hörte ein Kichern und wandte den Kopf nach links in die dunkle Ecke. Dort raschelte etwas und sie erkannte die Umrisse einer Tanne. »Bereit? Dann mache ich jetzt die Beleuchtung an«, sagte Frieda. Kurz darauf erstrahlte der große Tannenbaum, dessen Spitze bis direkt unter die Decke reichte. Er war geschmückt mit silbernen und pinken Kugeln, glänzenden pinken Schleifen und Sternen aus Stroh. Doch das, was ihr den Atem verschlug, war nicht der wunderschöne und imposante Weihnachtsbaum. Es waren die vielen Menschen, die um ihn herumstanden.

Mara blinzelte und traute ihren Augen nicht. »Aber … Mama?«, fragte sie irritiert, als sie ihre Mutter entdeckte, die aus dem Schatten trat. Ihre langen dunkelblonden Haare waren hochgesteckt. Sie trug ein beiges Wollkleid mit einer grünen Weste und lächelte breit. Neben ihr strahlte Frieda sie an. Auf der anderen Seite des Baumes stand Maras Vater mit seiner Frau und den Zwillingen, Hendrik und Clementine, die beide immer wieder kicherten.

»Aber, was ... wie kommt ihr denn hierher?« Mara fühlte sich einer Ohnmacht nah. Ihr wurde heiß und kalt und sie nahm sich schnell einen Stuhl und setzte sich.

»Frau … Frieda«, begann Maras Mutter und trat an den Tisch, wo sie sich zu Mara setzte. »hat mich vor ein paar Tagen angerufen und wir haben ein sehr langes Gespräch geführt, in dem mir bewusst wurde, dass … dass …« Ihre Augen wurden feucht und sie sah schnell weg und blinzelte.

»Uns wurde, glaube ich, allen klar, dass wir uns unfair verhalten haben. Und dass du – obwohl du erwachsen bist und praktisch dein eigenes Leben führst, doch die Unterstützung deiner Familie brauchst«, sagte ihr Vater, der in einem dunkelblauen Anzug ungewohnt elegant aussah. Normalerweise kannte Mara ihn nur in Pullover und Jeanshose. Evelin, seine Frau und Maras Stiefmutter, strich sich durch ihr perfekt frisiertes schwarzes Haar. In ihrer weißen Bluse mit der roten Weste und dem schwarzen Rock sah sie sehr schick aus. Ihr Gesicht wirkte auch gar nicht so streng, wie Mara es in Erinnerung hatte. »Wir hätten uns mehr für dich interessieren sollen«, sagte sie leise.

Die Zwillinge machten sich derweil über die Geschenke her, die unter dem Baum lagen, lasen die Namensschildchen und schüttelten einige der Päckchen.

Mara spürte einen Kloß im Hals und blickte zu Frieda, die tat, als richtete sie die Lichterkette am Baum. »Woher hattest du die Nummern meiner Eltern?«, fragte sie neugierig, ohne einen Vorwurf in der Stimme. Frieda grinste. »Na, du lässt dein Handy ständig liegen, wenn du zur Toilette gehst und es hat keine Pin-Sperre. Kinderspiel.«

Mara schmunzelte. Sie hatte bestimmt auch Maras Wecker ausgeschaltet, damit sie in aller Ruhe nach London fahren konnte.

»Frau Bick… ich meine … Frieda hat uns klargemacht, dass wir als Familie Weihnachten zusammenfeiern sollten, dass du dir ein Weihnachten mit einer großen Familie wünscht, und die sind wir ja immerhin.« Ihr Vater blickte zu den Zwillingen, die ihren Spaß daran hatten, alle Geschenke vorsichtig durchzuschütteln.

»Deine Geschwister sollten dich öfter sehen und für sie wird es vermutlich eins der schönsten Weihnachtsfeste, weil sie es mit ihrer großen Schwester verbringen«, sagte Evelin. Mara presste die Lippen aufeinander und wusste nicht, was sie sagen sollte. Sie war überwältigt und auch ein bisschen überfordert mit der Situation. Eine unangenehme Stille trat ein, die nur durch das Kichern der Zwillinge aufgelockert wurde.

»Vielleicht sollten wir anfangen zu essen und uns dabei weiterunterhalten«, schlug Frieda vor. Damit waren alle einverstanden. Evelin erlaubte den Zwillingen jeweils ein Geschenk vor dem Essen zu öffnen und bat sie dann an den festlich geschmückten Tisch.

»Wohnt ihr alle hier im Pub?«, fragte Mara, die sich fragte, wie sie davon nichts hatte mitbekommen können. Doch ihr Vater schüttelte den Kopf. »Deine Mutter hat hier ein Zimmer bekommen, das kurzfristig frei wurde. Aber wir wohnen in einer Pension im Nachbarort.«

Evelins Augen nahmen einen verträumten Ausdruck an. »Die Gegend hier ist so hübsch.«

»Das finde ich auch. Wer will da noch nach Spanien«, meinte Maras Mutter. »Ich wette, im Sommer ist es noch viel schöner.«

Mara blickte zu Frieda. »Dann bist du deswegen nach London gefahren? Du hast sie vom Flughafen abgeholt?«

»Ja, genau. Zurück ist aber dein Vater gefahren«, sagte sie lachend. »Es war mir dann doch zu viel Schnee.«

»Der Flug war etwas turbulent, aber die Fahrt hierher hat dafür entschädigt. Wir sind durch ein malerisches Dorf gefahren, das Ähnlichkeit mit Venedig hatte«, sagte Evelin und befüllte ihr Raclette-Pfännchen mit Tomaten, Mais und `Käse. Mara erinnerte sich, dass sie kein Fleisch aß.

»Nudelsalat?«, fragte Frieda und reichte Mara die

Schüssel.

»Gerne. Und kann ich bitte die Kräuterbutter haben?«

»Wieso bist du in England, Mara?«, fragte der zehnjährige Hendrik, der sich gerade ein Stück Hühnchenfleisch in den Mund schob.

»Frieda hat mich eingeladen. Sie wollte nicht alleine herkommen«, antwortete Mara.

»Woher kennt ihr euch denn?«, wollte Clementine wissen. Mara sah von ihrem Vater zu Frieda und schluckte. Was sollte sie denn nun darauf antworten?

»Wir haben uns durch meine Enkelin kennengelernt«, sagte Frieda schnell und zwinkerte Mara zu.

»Darüber müssen wir aber noch reden«, flüsterte ihr Vater. Mara rutschte unruhig auf ihrem Stuhl herum. Wieso hatte sie ihm bloß am Telefon in ihrer Wut gesagt, dass sie Frieda hatte bestehlen wollen? Doch ihr Vater lächelte. »Ich weiß, dass du es nur aus größter Not heraus getan hast und von diesem Typen ausgenutzt wurdest, von dem Frieda mir berichtet hat …«

»Ich wusste nicht, dass du nicht mehr bei deiner Freundin wohnst«, sagte ihre Mutter auf einmal. »Du hättest doch zurückkommen können. Ich habe das, was ich gesagt habe, nur so dahin gesagt. Ich war wütend. Wenn ich gewusst hätte, dass du auf der Straße …« Sie räusperte sich. »Ich bin froh, dass du gekündigt hast. Ich wusste ja nicht, was für ein Arschloch dein Chef war.«

»Aber ich habe versucht, es dir zu erklären«, sagte Mara. »Mehrmals.«

»Ja … also … es tut mir wirklich leid, ich weiß nicht, wieso ich so streng war. Vielleicht hatte ich

Angst, dass du auf die schiefe Bahn gerätst, wenn du deine Ausbildung nicht beendest.«

»Nun, genau das ist ja passiert«, murmelte Frieda mehr zu sich selbst.

»Ja, ich habe genau das erreicht, was ich vermeiden wollte«, gab Maras Mutter zu und blickte dankbar zu Frieda. »Wenn Sie nicht gewesen wären …«

»Nun, ich habe selbst genug Fehler bei meinen eigenen Kindern gemacht. Das ist mir bewusst geworden, seitdem ich so viel Zeit mit Mara verbringe.« Sie lächelte traurig. »Wenn ich Mara nicht getroffen hätte, wäre mir nicht klar geworden, dass ich ebenfalls etwas an der Beziehung zu meinen Kindern ändern muss. Manchmal sieht man einfach nicht, was man falsch macht. Man erkennt es erst, wenn andere die gleichen Fehler machen.«

Mara nahm Friedas Hand und drückte sie fest.

»Frohe Weihnachten, Mara«, flüsterte sie.

»Frohe Weihnachten, Frieda und … danke!« Sie gab ihr einen Kuss auf die runzlige Wange.

Maras Vater schenkte sich ein Glas Rotwein ein. »Frieda erzählte uns, dass du Chemie studieren möchtest.«

»Ja. Falls ich angenommen werde.«

»Ein Studium … ich weiß nicht«, meinte Maras Mutter.

»Chemielehrer werden händeringend gesucht«, warf Evelin zu Maras Überraschung ein. »Aber auch in der freien Wirtschaft könnte sie gute Jobs finden.«

»Ja, vielleicht«, meinte Maras Mutter dann und trank einen Schluck von ihrem Wasser, bevor sie ein Stück Rindfleisch auf das Raclette legte.

Mara fiel auf einmal ein, dass sie Finn noch gar keine Antwort wegen der Einladung gegeben hatte.

Das Weihnachtsessen bei Finn hatte sich nun erübrigt. Sie konnten dort ja nicht als Großfamilie auftauchen. »Ich muss kurz eine Nachricht schreiben«, sagte sie und holte ihr Handy aus ihrer kleinen Handtasche, in der auch das Geschenk für Frieda lag.

»An Finn?«, fragte Frieda.

Mara nickte und erzählte von der Einladung.

»Das war sehr nett von ihnen.«

»Wer ist denn dieser Finn?«, fragte Clementine.

»Ein sehr netter Junge am Bratapfelstand«, erklärte Frieda, während Mara Finn die Situation per WhatsApp erklärte.

»Ein Bratapfelstand in dieser sagenumwobenen Maple Street?«, fragte Evelin.

»Ganz genau«, meinte Frieda.

Maras Vater spießte sich ein Stück Tomate auf die Gabel. »Da wollen wir nachher unbedingt noch hin. Wie lange ist dort heute geöffnet?«

»Bis Mitternacht«, antwortete Frieda.

»Ich freue mich schon«, sagte Maras Mutter und schob ihren leeren Teller beiseite. Auch Mara war pappsatt und bekam keinen Bissen mehr hinunter.

»Können wir endlich die Geschenke aufmachen?«, quengelte Hendrik.

»Na schön«, sagte Evelin und die beiden Kinder stürmten zum Tannenbaum.

Binnen kurzer Zeit war der Boden übersät mit buntem Papier, Schleifen und Glitzer. Hendrik packte einen Baukasten, ein Computerspiel und Sneaker einer sehr teuren Marke aus. Seine Schwester bekam eine neue Barbie, ein Zeichentrickfilm auf DVD, zwei Bücher, ein Spiel für ihren Gameboy und ein Bastel-Set, um Schmuck selbst herzustellen.

»Möchte jemand Nachtisch? Es gibt Apfelkuchen«, sagte Frieda, doch stöhnten gleichzeitig und schüttelten mit dem Kopf.

»Noch einen Bissen und ich muss meine Hosen weiten lassen«, sagte Maras Vater lachend.

»Es war sehr lecker. Sie haben sich so viel Mühe gemacht, Frieda. Ganz lieben Dank«, sagte Maras Mutter.

Um kurz nach neun machten sie sich alle auf den Weg in die Maple Street. Dick eingepackt in Mäntel, Schals und Mützen, denn es hatte wieder leicht zu schneien angefangen, marschierten sie über den Dorfanger. Die Zwillinge waren ganz aus dem Häuschen, weil sie normalerweise um neun ins Bett gehen mussten. »Und da gibt es auch Karussells?«, fragte Clementine aufgeregt.

»Ja, es gibt auch Zuckerwatte und gebrannten Mandeln und Kakao mit Sahne«, sagte Mara, die Hendrik an der Hand hielt.

Clementine machte einen Luftsprung. Frieda hatte sich bei Mara und ihrer Mutter eingehakt. »Ist es so nicht viel schöner?«

»Ich hatte vergessen, wie schön Weihnachten sein kann. Vor allem mit Kindern ist es am schönsten«, sagte Maras Mutter.

Mara fragte sich, ob es Frieda viel Überredungskunst gekostet hatte, alle herzulocken, doch sie wollte es eigentlich gar nicht wissen, weil sie die Vorstellung schöner fand, dass ihre Eltern und Evelin sofort Ja gesagt hatten. Vielleicht gab es ja tatsächlich Weihnachtswunder.

Am Anfang der Maple Street staunten alle über den funkelnden Weihnachtsbaum. Daneben sang ein Chor aus überwiegend Kindern Weihnachtslieder.

»Es riecht wie auf dem Jahrmarkt«, sagte Hendrik, ließ Maras Hand los und rannte zu einem Stand mit Kuscheltieren, die alle Weihnachtsmannmützen aufgesetzt hatten und bei Knopfdruck *Jingle Bells* sangen.

»Das ist ja wirklich wunderschön«, sagten Evelin und Maras Mutter wie aus einem Mund, während sie durch das kleine Wäldchen gingen, das zur Eislaufbahn führte. Sie tranken ein Glas Glühwein und die Kinder durften eine halbe Stunde auf der Eisbahn laufen. Sie johlten und lachten und jagten sich gegenseitig und seltsamerweise fiel keiner von ihnen hin, was Mara sehr bewunderte. Evelin bückte sich, formte einen Schneeball und warf ihn zwischen die Tannen. Kurz darauf eröffnete Maras Vater eine Schneeballschlacht. Mara duckte sich zwei Mal geschickt und traf ihren Vater am Ohr, der übertrieben aufjaulte. Sie hörten erst auf, als es Beschwerden von umstehenden Besuchern gab, weil Schnee in die Glühweinbecher gelangte. Frieda und Mara entschuldigten sich mehrmals, mussten aber ein Kichern unterdrücken.

Anschließend gingen sie alle zur Mühle, wo die Kinder zwei Runden auf dem Karussell fuhren, während sich die Erwachsenen an den Rand der Bühne stellten und einem Weihnachtsorchester bei der Probe zuhörte. In der Halle duftete es nach gebrannten Mandeln, und obwohl Mara pappsatt war, kaufte sie welche. »Die sind echt lecker«, sagte Evelin, als sie eine probierte.

»Wenn ich noch etwas esse, platze ich«, sagte Maras Mutter lachend. Mara verstand sie nur zu gut. Allmählich bekam sie Bauchschmerzen und so schenkte sie die Tüte mit den Mandeln den Zwillingen, die sie genüsslich verspeisten.

»Ich bin froh, dass ich hergekommen bin«, sagte Maras Mutter leise, als sie und Mara sich die altmodischen Buden ansahen. »Unser dummer Streit tut mir wirklich leid. Ich hätte dich nie rauswerfen dürfen, das war einfach falsch.«

»Und ich hätte noch mal mit dir reden sollen«, meinte Mara und betrachtete ein rotes Strickkleid an einem Stand mit Wollsachen.

»Das würde dir bestimmt gut stehen«, meinte ihre Mutter.

Mara runzelte beim Preisschild die Stirn. Fünfundsiebzig Pfund. Ob Finn sie darin hübsch finden würde? Sie schüttelte den Kopf und fragte sich, wieso ihr auf einmal eine solche Frage durch den Kopf ging. Sie waren zuvor am Bratapfelstand vorbeigekommen, doch es hatten bestimmt elf Leute angestanden und so hatte sie keine Gelegenheit gehabt, Finn zu grüßen.

»Weißt du, dieser Junge …«, begann sie, doch dann spürte sie einen Luftzug und drehte sich zur gerade geöffneten Tür um. Sie traute ihren Augen nicht. In einer knallgelben Daunenjacke stand Finn am Einfang und ließ seinen Blick durch die Menge gleiten. Sie hob die Hand und winkte. Als er es nicht bemerkte, winkte ihre Mutter nun ebenfalls. Mara grinste sie schief an.

»Das ist er?«

Mara nickte. »Sein Name ist Finn. Er studiert Kunstgeschichte und seine Großeltern haben eine Apfelfarm in der Nähe.«

»Er sieht sehr nett aus.«

Endlich sah er sie und wurde knallrot, was

vielleicht aber auch an der Wärme in der Halle liegen mochte. Er öffnete seine Jacke und eilte auf sie zu. Unsicher blickte er von Maras Mutter zu Mara, bis Mara die beiden vorstellte.

»Ich habe da drüben was gesehen …«, nuschelte Maras Mutter dann und verschwand in Richtung Kakaostand, wo Frieda mit den anderen auf einer Bank saß.

»Wow, also, deine ganze Familie ist gekommen?«

Mara nickte. »War echt ne Überraschung.«

Er fuhr sich durch sein strubbeliges Haar und grinste. »Besser als ein Pferd?«

Sie kicherte. »Viel besser!«

Er zog etwas aus der Innentasche seiner Jacke. »Es ist nur eine Kleinigkeit, ich wusste nicht, was du so magst, aber ich wollte dir gerne irgendetwas schenken.«

Mara schluckte und blickte auf das hübsch eingepackte Geschenk. »Danke«, sagte sie und öffnete die Schleife. »Wow, das ist sehr hübsch. Ich liebe Notizbücher!«

»Ehrlich?«, fragte er, als sie sanft über die Oberfläche strich und es aufklappte.

»Ja, ich schreibe Kurzgeschichten, zum Zeitvertreib. Da benutze ich am liebsten Notizbücher, bevor ich sie abtippe.«

»Ich schreib auch Kurzgeschichte«, sagte er breit grinsend. »Krimis und du?«

»So Alltagsgeschichten. Meistens über einsame Menschen.«

»Würde ich gerne mal lesen«, meinte er.

»Sind leider auf Deutsch. Aber vielleicht kann ich ja mal eine übersetzen.«

Er nickte. »Ja, das wäre toll. Meine letzte

Kurzgeschichte hieß ›Der Stiefel auf dem Dach.‹ Also schlechter können deine Geschichten unmöglich sein.«

Sie lachte. »Echt? Der Stiefel auf dem Dach?«

Er zog die Nase kraus und nickte. »Es geht um eine Meisterdiebin, die als Weihnachtsmann verkleidet in Häuser einbricht und ihren Stiefel auf dem Dach verliert.«

»Muss ich unbedingt lesen«, sagte sie grinsend.

Er lachte. »Dann muss ich mir aber erst Mut antrinken.«

»Ich könnte einen Flasche Glühwein mitbringen. Oder Gin.«

»Beides!«

»Komm, das Weihnachtsorchester spielt gleich, lass und einen Platz suchen«, sagte sie, als sie bemerkte, dass Frieda und die anderen sich bereits Plätze ganz vorne gesichert hatten.

»Ich kenn die besten Plätze«, sagte Finn, nahm Maras Hand und führte sie durch eine kleine Tür eine Treppe hoch, auf eine Art Galerie. Er nahm zwei Strohballen und schob sie ans Geländer. Von hier aus hatte man einen fantastischen Blick auf das Treiben in der Halle und konnte die ganze Bühne einsehen.

Der Strohballen pikste ein wenig, doch das war schnell vergessen, als Finn ihre Hand nahm, sich ganz dicht neben sie setzte und das Orchester zu spielen begann. »Frohe Weihnachten«, flüsterte er, während sie ihren Kopf an seine Schulter lehnte.

22

Es war beinahe Mitternacht, als sie sich auf den Rückweg machten. Einige der Buden hatten bereits geschlossen, doch bei den Glühweinständen herrschte reger Betrieb. Hendrik gähnte ununterbrochen und ging an der Hand seiner Mutter. Clementine war hingegen hellwach und schaute sich so genau um, als versuchte sie, sich alles genau einzuprägen.

Finn ging neben Mara, hinter Frieda und den anderen. Sie ließen den Abstand immer größer werden, doch weder Frieda noch ihre Mutter drehten sich um.

Der Schnee knirschte unter ihren Schuhen, die Luft roch nach Rauch der umliegenden Kamine und nach noch mehr Schnee. Ein Blick in den Himmel zeigte eine sternenklare Nacht.

»Ein verrücktes Weihnachten«, sagte Mara leise, die immer noch nicht fassen konnte, dass ihre Familie hier war. Und sie hatten sich nicht ein einziges Mal gestritten. Ihre Eltern gingen ganz normal miteinander um. Freundlich, fast freundschaftlich. Sogar Evelin war wie verwandelt. Nett und hilfsbereit, sogar witzig. Mara hätte nie gedacht, dass sie ihre Stiefmutter mögen könnte. Und ihre Halbgeschwister hatte sie bereits ins Herz geschlossen, aber bei Kindern war das auch meist einfach.

»Kommst du bald wieder nach England?«, fragte Finn. »Ich habe überlegt, ich könnte im Frühjahr nach Deutschland kommen.«

»Dann zeige ich dir die ganzen coolen Ecken in Hamburg«, sagte sie. »Ich versuche Geld zu sparen, um hierher zurückzukommen, aber ich muss erst Schulden zurückzahlen«, gestand sie schließlich.

»Du bräuchtest nur den Flug bezahlen. Wir haben zwei Gästezimmer auf der Apfelfarm«, sagte Finn und räusperte sich. »Also, falls du überhaupt …« Wieder räusperte er sich und blickte verlegen auf seine Schuhe. Mara knuffte ihn in die Seite. »Natürlich will ich dich wiedersehen«, sagte sie lachend.

Er griff nach ihrer Hand und zog sie ein Stück zur Seite. »Das macht mich gerade sehr glücklich!«

Sie legte ihm die Arme um die Schultern und küsste ihn. Seine Lippen waren weich und warm und schmeckten nach Bratapfel. Sie lächelte und würde von nun an immer an diesen Kuss denken, wenn sie einen Bratapfel aß. Gab es eine schönere Erinnerung an Weihnachten?

»Wir haben ja noch ein bisschen Zeit, bis du zurück nach Deutschland fährst«, sagte Finn. »Ich würde dir gerne unsere Farm zeigen und dich meinen Großeltern richtig vorstellen.«

»Bin dabei. Meine Eltern fliegen übermorgen Abend zurück. Ich könnte also am Tag danach zu euch kommen.«

Seine Augen leuchteten. »Cool. Dann hole ich dich vom Pub ab.«

Mara merkte, dass die anderen bereits am Eingang standen und auf sie warteten. Sie nahm Finns Hand und beide liefen los. Außer Atem entschuldigte sich Mara, dass sie warten mussten. Doch sowohl ihre Mutter als auch ihr Vater, Frieda und Evelin grinsten nur.

Vor dem Weihnachtsbaum machte Frieda ein Bild von ihnen allen. Dann machte Finn eins, wo Frieda mit drauf war. Alle wirkten müde, aber glücklich.

»Frohe Weihnachten!«, rief Finn ihnen hinterher, als sie sich auf den Weg zum Pub machten. Mara drehte sich um und winkte. Er sah ihr nach, bis sie um die Ecke verschwunden war, bevor er mit allerbester Weihnachtslaune zum Bratapfelstand zurückkehrte.

EPILOG

Die Sonne brannte in ihre Nacken, während sie mit ihren Kaffeebechern auf den Treppenstufen saßen und die Alsterschwäne beobachteten. Über ihren Köpfen kreischten Möwen; die Luft roch nach Kaffee und Backwaren vom nahe gelegenen Café.

»Ganz schön warm für April«, sagte Finn, als er zum wolkenfreien Himmel blickte und seine Augen vor der Sonne mit der Hand abschirmte.

»Ja, letzte Woche hat es noch gehagelt«, meinte Mara. »Typisches Aprilwetter.« Sie lachte und schob die Ärmel ihres Pullovers hoch. Es waren tatsächlich zwanzig Grad im Schatten. Finn warf einen Blick auf ihre Tasche, die sie achtlos auf die untere Stufe gelegt hatte. »Ist das …«, murmelte er und zog das Notizbuch heraus, das er ihr zu Weihnachten geschenkt hatte.

»Blättere mal bis zur Mitte«, forderte ihn Mara auf. »Ich habe angefangen, eine Geschichte in Englisch zu schreiben.« Sie löste ihren Zopf und strich sich durch das frisch geschnittene Haar. Mit fünf Zentimeter weniger Spliss fühlte sie sich wesentlich wohler.

Er grinste, während er die vollgeschriebenen Seiten durchblätterte. »Wow, du schreibst echt viel!«

Sie zuckte mit den Schultern. »Nächste Woche geht die Uni los, da werde ich erst einmal nur Formeln schreiben.«

Er verzog den Mund und rückte zur Seite, als zwei französische Touristen an ihnen vorbeiliefen. »Ich habe nächste Woche ein Vorstellungsgespräch in Glasgow«, sagte er. »In einem Auktionshaus.« Er ließ seinen Blick über den Rathausplatz gleiten, der voller

Menschen war. An einem solch schönen Tag strömten die Leute in Scharen an die Alster. »Die arbeiten mit einem Auktionshaus in Hamburg zusammen«, fügte er grinsend hinzu, als sie nichts erwiderte. Nun leuchteten ihre Augen. »Wirklich?«

Er nickte. »Ja, wenn ich den Job bekomme, könnte mein Chef mich öfter hierherschicken.«

Mara strahlte, stellte ihren Kaffeebecher beiseite und nahm seine Hand, bevor sie ihren Kopf an seine Schulter lehnte. »Dann würde mein allergrößter Weihnachtswunsch ja doch in Erfüllung gehen.«

Irgendwo spielte jemand Akkordeon. Selten hatte sich Hamburg so gut angefühlt.

FINNS BRATAPFELREZEPT
Zutaten:
4 Braeburn Äpfel
30g Mandelblättchen
1 EL frisch geriebene Orangenschale (Bio)
60 g Marzipanrohmasse
4 EL Rosinen oder Cranberries getrocknet
½ Teelöffel Zimt
2 EL Butter
3 EL Kokosblütenzucker
2 EL Aprikosenkonfitüre

30 Mandelblättchen und einen Esslöffel geriebene Orangenschalen ganz kurz in einer Pfanne in etwas Butter anbraten (aber darauf achten, dass sie nicht schwarz werden), anschließend auf einem Teller abkühlen lassen.

4 Braeburn Äpfel waschen, trocknen, den Deckel abschneiden und aushöhlen und alle Äpfel in eine Auflauflaufform geben.

Marzipan mit den Mandelblättchen und den Orangenschalen, Zimt, Konfitüre und Kokosblütenzucker vermischen. Die Masse in die Äpfel füllen. Dann in jeden Apfel ein paar Rosinen und einen Klecks Butter geben. Deckel drauf und ab in den Ofen bei 175 Grad Umluft ca. 25 Minuten backen.

Vanillesoße zubereiten und über die fertig

gebackenen Äpfel in die Auflaufform geben.

Ich wünsche einen guten Appetit und
Frohe Weihnachten!

Lesetipp – Winterzauber auf White Crystal Hall von Maya Olssen

Amber Bay – ein malerischer Küstenort in Südwestengland. Auf einem Hügel schmiegen sich in windschiefen Häusern hübsche kleine Lädchen aneinander. Amber Mallory hat sich mit ihrem Laden, in dem sie Andenken und Schmuck aus Bernstein verkauft, einen Traum erfüllt. Doch mit der Liebe will es einfach nicht klappen. Als ein Geschäftsmann aus London das Herrenhaus White Crystal Hall kauft, das auf den Klippen thront und fast einhundert Jahre leer stand, ist die Aufregung im Ort groß. Denn der neue Besitzer will den legendären Weihnachtsball wiederaufleben lassen. Amber wittert ihre Chance, ihren Traummann zu finden. Gibt es eine bessere Gelegenheit als ein märchenhafter Ball? Dumm nur, dass ausgerechnet jetzt der nervigste ihrer Ex-Freunde auftaucht und einen alten Gefallen einfordert.

Ein Kuss aus Schnee und Zimt – Leseprobe

Klappentext
Amanda möchte Weihnachten am liebsten ausfallen lassen. Doch ehe sie es sich versieht, hat sie ihre vorlaute, achtjährige Nichte am Hals, weil Amandas Schwester Rebecca sich nach Italien abgesetzt hat. Außerdem soll sie die Weihnachtstage mit ihrer besten Freundin Jane und deren versnobter Familie auf dem Landsitz Bromley Hall in den Cotswolds verbringen. Könnte nicht schlimmer kommen? Weit gefehlt! Auf Bromley Hall angekommen scheint jeder in Weihnachtsstimmung zu sein, bis auf den arroganten Ian McAllister, der sie an einen modernen Mr Darcy erinnert. Sie spürt, dass ihn ein trauriges Geheimnis umgibt, und ist fest entschlossen, seine harte Schale zu knacken, um den Mann darunter kennenzulernen. Doch dann bahnt sich am Weihnachtsabend eine Katastrophe an …

Der Schreibtisch drohte unter den Manuskriptbergen beinahe zusammenzubrechen, doch Amanda entlockte der Anblick ein Lächeln. Sie stellte ihre dampfende Teetasse auf der Fensterbank ab, schob zwei Manuskripte zur Seite und setzte sich auf den weich gepolsterten Stuhl. Erst als sie nach dem Tee griff, bemerkte sie das Schneetreiben vor ihrem Fenster. Den ganzen Tag lang war es richtig kalt gewesen, doch dass es wirklich schneien würde, daran hatte sie nicht geglaubt. In dieser Gegend hatte es seit bestimmt zehn Jahren nicht mehr in der Vorweihnachtszeit geschneit. Früher hatte sie Schnee immer gemocht. Doch mittlerweile fand sie es einfach nur nervig, vor allem, wenn sie vorher das Auto freischaufeln musste.

Sie sog den aromatischen Duft des Rooibusch-Marzipantees ein. Der Tee war das einzig Weihnachtliche in ihrer Wohnung. Bis Heiligabend waren es noch sieben Tage. Zeit genug die Wohnung zu schmücken hatte sie, doch ihr fehlte die Lust. Im Keller staubte irgendwo ein Karton mit Dekoartikeln und Kerzen vor sich hin, die nach Zimt und Lebkuchen dufteten, doch sie hatte nicht vor, die Sachen auszukramen. Seit drei Jahren – seitdem ihr langjähriger Freund Kyle sie einen Tag vor Weihnachten verlassen hatte – ignorierte sie die Feiertage, so gut es ging. Vor zwei Jahren hatte sie ihre Großeltern an Heiligabend besucht, doch die mitleidigen Blicke und herablassenden Fragen kaum ausgehalten.

„Es muss ja furchtbar sein, an Weihnachten verlassen zu werden. Hast du ihn im Bett nicht befriedigen können?", hatte ihre Tante nach dem dritten Glas Punsch am Weihnachtstag gefragt. Ihre Schwester war daraufhin in hysterisches Kichern ausgebrochen, woraufhin Amanda weinend ins Bad gelaufen war. Seitdem hatte sie sich geschworen, Weihnachten nie wieder mit ihrer Familie zu verbringen.

Ihre Familie bestand inzwischen nur noch aus ihrer Großmutter väterlicherseits, einer verschrobenen Tante und ihrer Schwester und deren kleiner Tochter Linda. Nein, sie blieb lieber alleine, außerdem hatte sie ohnehin genug Arbeit. Der kleine Verlag, den sie leitete, kam mit der Bearbeitung der Manuskripte kaum hinterher. Zwar verlegten sie ausschließlich Kriminalromane, doch heutzutage meinte jeder, einen spannenden Krimi schreiben zu können. Eigentlich fanden die meisten unverlangt eingesandten Manuskripte keine Beachtung. Doch jedes Jahr in der Vorweihnachtszeit nahm Amanda einen Stapel mit nach Hause, um ein paar Wenigen die Chance zu geben, entdeckt zu werden.

„Also, fangen wir mal an …“, murmelte sie und nahm eins der Manuskripte in die Hand, das den Titel „Weihnachten mit Biss“ trug. Normalerweise würde der Titel sie dazu veranlassen, das Ding in die Tonne zu kloppen, ohne auch nur den ersten Absatz zu lesen. Doch es ging auf Weihnachten zu, da konnte sie ihre Ansprüche ja ein wenig herunterschrauben. Sie hoffte nur, dass es sich nicht um eine Vampir-Geschichte handelte.

Nach dem Prolog war sie positiv überrascht. Das erste Kapitel begann vielversprechend. Sie musste sogar an ein paar Stellen lauthals lachen. Doch im zweiten Kapitel verhedderte sich die Autorin in Wortwiederholungen und bedeutungslosen Begebenheiten. Das dritte Kapitel hingegen las sich flüssig und war recht unterhaltsam. Hatte sie etwa tatsächlich eine vielversprechende Autorin entdeckt? Gerade als sie das nächste Kapitel beginnen wollte, klingelte ihr Handy. „Hallo Jane!“, sagte sie fröhlich. Jane Summer war ihre beste Freundin und außerdem eine erfolgreiche Krimiautorin in ihrem Verlag. Vor drei Jahren hatten sie sich bei einer Verlagskonferenz kennengelernt und auf Anhieb so gut verstanden, dass sich eine tiefe Freundschaft aus dem Arbeitsverhältnis entwickelt hatte. Amanda hatte Janes ersten

Kriminalroman lektoriert und ihr mit Rat und Tat zur Seite gestanden. Sie hatten sich immer öfter auf ein Bier im Pub um die Ecke getroffen, um über neue Ideen zu plaudern und dabei festgestellt, dass sie viele Gemeinsamkeiten hatten. Beide liebten italienisches Essen und hassten es zu kochen. Beide mochten die Beatles und sangen unheimlich gerne Karaoke, auch wenn sie nicht singen konnten. Und sie liebten alte Filme. Am liebsten mit Bette Davis oder Cary Grant.

„Du musst mir einen ganz großen Gefallen tun, bitte."

Amanda horchte auf. Das klang ernst. Hatte Jane wieder irgendeinen Typen aufgegabelt, den sie nun dringend loswerden musste? Bereits zweimal hatte Amanda sie von einem Date „retten müssen." Jane hatte einen furchtbaren Männergeschmack. Vor zwei Wochen hatte sie sich mit einem Börsenmakler getroffen, der ununterbrochen über sich selbst gesprochen hatte. Nach der Vorspeise hatte er dann mehrmals betont, welch große Ähnlichkeit Jane mit einem Pornosternchen hatte. Fragen über sexuelle Vorlieben waren natürlich nicht ausgeblieben. Amanda musste heute noch lachen, wenn Jane davon erzählte. Sie hatte Amanda eine SMS geschrieben, bevor der Hauptgang serviert wurde und Amanda um Hilfe gebeten.

Die war auch prompt ins Restaurant gekommen und hatte sich als Janes Bewährungshelferin ausgegeben, was den Typen zum Glück so verschreckt hatte, dass er – eine billige Ausrede vor sich her murmelnd – das Weite gesucht hatte.

„Bewährungshelferin oder drogenabhängige Schwester?", fragte Amanda. Sie hatte sich vorgenommen, beim nächsten misslungenen Date,

Janes durchgeknallte Schwester zu mimen, die dringend ins Krankenhaus gebracht werden musste.

„Weder noch." Jane seufzte hörbar. Irgendetwas knisterte. „Ich weiß, du möchtest Weihnachten ignorieren und arbeiten, aber … ich muss nach Bromley Hall. Meine Mutter hat mich so lange am Telefon zur Schnecke gemacht, bis ich zugesagt habe, zu kommen."

Bromley Hall war das Familienanwesen von Janes Familie. Sie kam aus einem reichen Elternhaus. Ihr Vater hatte mit Kosmetikprodukten ein Vermögen gemacht, die Firma aber vor drei Jahren verkauft, um sich ganz seinem Hobby, dem Golfspielen, hingeben zu können. Amanda hatte Janes Familie noch nicht kennengelernt, sie lebten in den Cotswolds und Jane hatte ein eher angespanntes Verhältnis zu ihnen. Eine Krimiautorin war in ihren Augen kein angemessener Beruf, auch wenn Jane davon sehr gut leben konnte.

„Und welchen Gefallen soll ich dir tun?", fragte Amanda neugierig und goss sich Tee aus der Kanne nach.

„Kannst du bitte mitkommen und mit uns dort Weihnachten verbringen? Das würde mir soooo helfen. Wenn du dabei bist, werden sie mich nicht in Stücke reißen. Dann nehmen sie sich zusammen. Bitte! Ich weiß, das ist viel verlangt."

Amanda ließ sich auf den Sessel fallen. „Ähm … ich weiß nicht", stammelte sie. Weihnachten auf einem riesigen Landsitz einer versnobten Familie? Sie konnte sich kein schlimmeres Weihnachtsfest vorstellen. „Ich kann doch nicht so einfach mit deiner Familie feiern? Die wollen doch sicherlich unter sich bleiben."

„Nein, sie haben ausdrücklich gesagt, dass mein

Bruder und ich Gäste mitbringen können. Meine Mutter liebt ein volles Haus an Weihnachten, je mehr desto besser. Bitte, sag ja!" Sie klang, als wäre sie den Tränen nah.

Amanda seufzte schwer. „Dafür schuldest du mir aber einen riesigen Gefallen. Wer wird denn noch dort sein?"

Sie musste lächeln, als sie Jane am anderen Ende jubeln hörte.

„Meine Eltern werden natürlich da sein, meine Großmutter Ruby und mein Bruder Henry."

„Einen wirklich riesigen Gefallen", meinte Amanda, der nun einfiel, dass

sie auf die Schnelle Anstandsgeschenke besorgen musste. Bevor sie ihre Freundin fragen konnte, was die liebe Verwandtschaft denn so mochte, ob Wein oder Pralinen, klingelte es an der Wohnungstür. Stirnrunzelnd blickte sie zur Uhr am DVD-Player. Es war kurz vor zweiundzwanzig Uhr. So spät bekam sie nie Besuch. Überhaupt meldeten sich eigentlich alle an, bevor sie vorbeischauten. Amanda hasste spontane Besuche, von Janes Besuchen einmal abgesehen.

„Wir telefonieren Morgen, irgendjemand ist an der Tür", sagte sie.

„Okay. Und vielen Dank."

„Ich komme ja schon!", rief Amanda, als erneut geklingelt und gleichzeitig an die Wohnungstür geklopft wurde. Wenn das einer dieser nervigen Vertreter war, die einen Staubsauger verkaufen wollten, konnte der was erleben!

Sie japste beinahe nach Luft, als sie ihrer Schwester Rebecca gegenüberstand, die eine weiße Wollmütze trug, welche ihre blonden Locken verbarg. Die

Wangen und die Nasenspitze waren gerötet. Neben ihr stand ihre achtjährige Tochter Linda. Ein vorlautes Mädchen mit dunkelblonden Zöpfen und funkelnd grünen Augen, die mit Vorliebe ausgefallen Shirts und Pullover trug. An diesem Abend blitzte ein Pullover mit dem Aufdruck der Tardis unter dem geöffneten Mantel auf. Auf ihrer blauen Mütze mit Katzenohren glitzerten Schneeflocken. „Kommt rein, was macht ihr denn hier um diese Zeit?", fragte Amanda besorgt. Rebecca war alleinerziehend, der Vater des Kindes hatte nie eine Rolle in ihrem Leben gespielt und Amanda kannte ihn kaum. Rebecca und Linda lebten in einer kleinen Wohnung in Dover, wo Rebecca als Kellnerin arbeitete. Sie war noch nie unangemeldet vorbeigekommen, schon gar nicht um diese Uhrzeit. Amanda schwante Übles, als Rebecca sich bückte und eine große Reisetasche in den Flur hievte, die sie neben eine Kommode stellte.

„Ähm, was wird das denn?"

Impressum

Alice Vandersee
c/o Volker Thomsen
Achterskamp 6
25337 Elmshorn

Alice.vandersee@gmx.de

Printed in Germany
by Amazon Distribution
GmbH, Leipzig

21470523R00110